漢字說清楚

臺灣師範大學國文系
季旭昇 教授 著

中文 15 可以更

「發憤」為什麼不可以寫成「發奮」？「蜂擁」與「蜂湧」到底誰正確？為什麼「券」與有信用需求的文件
關，而「卷」卻沒有呢？「折」的甲骨文是「」，表示用斧頭砍斷樹木，折斷的意思，所以「摺衣服」可不要
成「折衣服」喲，因為並沒有把衣服「折斷」嘛！「心無旁騖」要寫成馬旁的「騖」還是鳥旁的「鶩」，到底
一個比較合理？「席捲」與古人不坐椅子、不睡床鋪的生活習慣有何關聯？為什麼「心心相印」若寫成「心
相映」，情感的濃度就大大降低了？「默默無語」和「脈脈不語」聽起來很像，但意思是哪裡不一樣呢？怎樣
夢比較嚇人，「噩夢」還是「惡夢」？你知道，將兩根小絲線「丝」放在「山」中，會怎麼樣？又是什麼意
呢？交代，把事情「交」給別人「代」為處理；交待，就變成把事情「交」給別人「等待」處理，那要等到什麼
候啊？白居易：「虐人害物即豺狼」，看看虐的甲骨文「」，左邊是凶猛的老虎伸出爪子，右邊是「人」，詩
真符合了虐的本義「老虎伸爪來抓人」！「決」是水衝破岸向下流；「絕」指把絲線切斷，那麼「決絕」呢
「飆」如何從「風像群犬狂奔一樣地狂吹」，轉變到「無拘無束，全力演出」的意思？西周銅器銘文中「畫」字寫
「」，上面是一支筆，記錄田界；中間是一支圓規，丈量田界；底下是個田字，所以整個字就是「畫田界」！
知道嗎，「恭賀春釐」的「釐」甲骨文是「」，左邊是一把成熟的麥子，右邊是手拿著棍子在打麥子，這表示
成，所以有「福」、「喜」的意思喲！

〈專文推薦〉

搶救國語文自己來

廖輝英

國語文程度低落，不自今天始，換句話說，是需要（長期累積下來）而且已有一段相當長的時間；而國語文程度低落，到目前為止影響所及，似乎也不限定於特定的某一個社群、團體、年齡層（例如青少年、六十年次以後、學生、新鮮人等），而是整體性的。這話怎講？恐怕有些工作與文字有關的人士會起而抗議，但是，請稍安勿躁，聽我一說：以我自己為例，我是個文學創作者，每天讀寫的字數不知凡幾，使用文字一直是我的特長和工作，但長期處在積非成是、白字滿篇的媒體（幾乎多數電視台，每天字幕都有錯字）、廣告、信函、競賽徵文、網路文字等環境下，從憤怒、滿腔亟欲修正的熱情，到按捺不言、視而不見、與之共存，老實說，經年累月的，有時居然也會出現有字突然寫不出來的窘境！心下一驚！這才發現，無形中，莫非自己的語文能力也在積非成是的環境裡大量衰退？真是不敢相信！但也足見國語文能力的相互影響是很可怕的，必須全民兼顧、普遍加強，才能互為提昇。

語文能力其實和所有的學習一樣，如果有好的教材、好的師資、在充滿樂趣中事半功倍的學習，效率是很可觀的。

通常所謂語文能力，大約泛指行文通順、不寫訛錯字這些標準。語文修習當然需要花時間、下功夫，但有些容易錯用的字，往往需要特別提醒，一般字辭典卻顯然沒有因應這個需要而做此編排，當臨時必須查清楚辨分明時，既費時也未必查得周全。

本書就是特別因應這個需要而編寫。它把非常近似而常被誤用的孿生字群（譬如：驅毆趨毆、泄洩瀉、相像象、陟降徒徙、奮憤等等）集合在一起討論，從字源、字義、字音講到用法，作者學問好，不管是文字學或聲韻學，也不管是散文還詩詞，引經據典，深入淺出，卻講得妙趣橫生、活潑有趣；而且還條理分明、清楚簡潔。翻開這本書，彷彿不是自己在讀，倒像坐在講堂上，聽一位很會講課的老師上課一般。讀第一遍，讀者覺得津津有味而恍然大悟；看第二遍，牢記在心，分辨清楚；多讀幾遍，慢慢便覺有些學問，語文能力大增。不管是當參考書、「益智書」、惡補書、字辭典或休閒閱讀，都很適當。也正因為這樣，它不僅適合學生閱讀，也適合所有想在語文這方面有點增益、找些樂趣的人翻閱。

這本書的內容、寫法和文字，我也覺得符合「好教材、好教師、有趣且有效率的教學方法」三準則。翻開書頁，讀第一行便被文字所述深深吸引；它不「隔」，也不深奧，談學問卻不會讓人讀不下去；而讀下去便自然有所收穫。非常適合買來自學或送給朋友。

它也適合放在案頭，寫到疑難關卡、委決不定或生怕有錯時，翻開查閱，確實搞定，讓自己出去的文稿沒有一個錯別字，久而久之，文字功力自然提昇。

〈自　序〉

對國語文程度的感傷

小書要出版了，有點興奮，也有點感傷。

這本書是我在《國語日報》的專欄「字圓其說」所發表的文章，從民國九十年起，林繼生先生有鑑於一般人用字錯誤越來越多，於是邀我在《國語日報》闢個專欄，專門談常見的用字錯誤，寫著寫著，七年過去了，累積了相當的稿子，感謝商周出版看得起，願意出版，心中頗感興奮。

但是，七年過去了，「字圓其說」努力地寫，希望能對社會上常見的用字錯誤提供一點綿薄之力，但是越寫越覺得，社會上的語文程度不但沒有進步，反而如江河日下，錯誤越來越多，孰令致之？誰為為之？心中又頗覺傷感。

只要是人，都有寫錯字的時候，古人也不能避免，《呂氏春秋．察傳》篇說：孔子的學生子夏有一次要到晉國去，半路經過衛國，有人談到晉國有一則記錄是「晉師三豕涉河」，子夏說：「這個記錄錯了，是『晉師己亥涉河（晉國的軍隊在己亥這一天渡過黃河）』」，因為「己」與「三」字形相近，「豕」與「亥」字形相近，所以記錄者寫錯或看錯字，就變成晉國的軍隊有「三隻豬」渡過黃河了。如果這是一條軍事情報，那麼這個錯誤有多嚴重！

從前人說笑話，說有人祝賀人結婚，把賀辭「五世其昌」寫成「五世其娼」。嚇！接到這樣賀辭的人還敢結婚嗎？有人哀弔別人母親過世，把輓辭「駕返瑤池」寫成「駕返淫池」。嚇！人死而有知，可能嚇得不敢死了。民國初年的軍閥張宗昌，據說是個大老粗，有人請他介紹到警察局工作，他也很好心，寫了一封信給警察局，要屬下把此人「派到警察局」，結果張大帥寫成把此人「抓到警察局」。結局也不錯，此人終於有了免費飯可吃，不算失業了。

這些讓人哭笑不得的笑話，最近已經變成不是笑話了。從高層把「本因坊」說成「本田坊」，把「黑面琵鷺」說成「黑面鳩鷺」，到社會上一拖拉庫的錯字，寫錯字、讀錯字已經變成全民運動了。不信，請看最近網路上流行的一篇〈九十五年國中基測作文「血淚笑話集」〉，可以說是字字血淚，句句笑話，看了讓人哭笑不得，其中的代表如：

爸媽很辛苦，我要照顧他們的「下半身」。

最辛苦的人是「藝」工媽媽。

我要「用盡心機」報答爸媽，用「花言巧語」報答爸媽。

清道夫不求回「抱」的行為令人拍手叫好。

人都需要彼此相互照「映」。

喜怒「衰」樂「粉粉」湧上心頭。

俗語說：「祝」人為快樂之本。

這就是我們現在的語文程度！夠嚇人的了。自從教改之後，教育程度直直低落，但是補教業卻日日興盛；同樣的，語文程度直直低落，也讓提升語文程度的書大行其道。套句流行的話語：我們寧可不要補教業，只希望教育程度能不要再不斷下降；我寧可本書不必出版，只希望全社會的語文程度日益提升。

這本小書分成三部分：第一部分「咬到舌頭」，主要是因為同音造成的錯誤；第二部分是「眼花撩亂」，主要是形近造成的錯誤；第三部分是「失之毫釐」，主要是因為點畫之間所造成的錯誤，附帶一些正簡字、古今字、俗字的相關錯誤，希望能為「搶救國語文」提供一些助益。

蔡木生、吳美玉、王輔羊三位老師幫我找出了不少校勘上的疏漏，謹此誌謝。

壹

咬到舌頭

貳 眼花撩亂

參 失之毫釐

咬到舌頭

01 的地得底

——她底臉紅得像一粒過度地成熟的蘋果，看得人們不斷地打心底生出愛憐的心

一位我教過「底」學生，現在是在中學教書「底」老師，有點憂心「地」告訴我：「這是個老問題了，似乎是多數國中小國文老師心中『的』痛……。想請教老師：『得』、『的』、『地』三字的區分和用法，那些情況下可互通？那些情況不可代換？不少老師對於學生所寫的『跳的很高』、『悄悄的走了』中的『的』字，睜一隻眼閉一隻眼，而不予訂正為『得』及『地』字。身為一位專業的國文老師，要改嘛真是『傷身』（因為太普遍了，改不勝改）；不改嘛又是『傷心』。改與不改之間，那簡直是『傷腦筋』啊！」

教育部《重編國語辭典修訂本》對「的、地、得、底」「底」規定

是這樣「的」（為了方便說明，我把次序稍為調動了一點。括號中「底」話是我加上去「的」）：

甲、的：

一、結構助詞

1.附在名詞後，表所屬、所有的關係。如：「我的書」、「太陽的光」。

2.夾在動詞的間接受詞與直接動詞間，以表示動作的對象。如：「別生老張的氣」、「他總是扯我的後腿」。（與1.同類，民國初年或用「底」字來表示）

3.附在形容詞後。如：「美麗的風景」、「聰明的小孩」。

4.附在修飾片語或子句後（在上下文清楚的情況下，被修飾的名詞可以省略）。如：「他寄來的信，我昨天收到」、「那賣花的人沒零錢找」。（與3.同類）

5.附在副詞後，同「地」。如：「慢慢的走」、「高高的飛」。

6.連接動詞及其後置修飾語。同「得」。如：「跑的快」、「笑的開心」。

二、置於語尾，表示肯定或加強的語氣。如：「這樣做是不可的：附在名詞後，表示所有，附在形容詞後、置於語尾，例如：我的書、太陽的光、美麗的風景、你不是這樣講的！
地：用在副詞之後、用於副詞語尾。慢慢地吃、好好地玩、忽然地、驀地。
得：用在動詞、形容詞後面，例如：跑得快、美得冒泡。

以的！」、「你不是這樣講的！」

乙、地：

一、結構助詞，用在副詞之後。同「的」。如：「慢慢地吃」、「好好地玩」、「雨勢漸漸地小了」。（如果不講究，也可以用「的」）

二、用於副詞語尾。如「忽地」、「驀地」。用白話文舉例，就是：「忽然地」、「驀然地」。

丙、得：用在動詞、形容詞後面，表示結果或性狀。如：「跑得快」、「覺得很好」、「美得冒泡」。（如果不講究，也可用「的」）

丁、底：結構助詞，用在名詞或代名詞後，表示所有的意思。同「的」。如「我底書」、「他底筆」。（現在都用「的」）

古代文言文沒有這些分別，唐宋以後「底」語體文中才漸漸產生這一類「底」詞，所以在宋以後「底」文獻中，我們看到大量「的」「的、底、地、得」。如：「清靜者愛恁地說。佛、老家亦說一般無夢底話」（《朱子語類》）、「娘說得是」（《水滸傳》）、「王冕同秦老嚇的將衣袖蒙了臉」（《儒林外史》）。

民國以來「底」文人則喜歡把結構助詞（甲・一・1、2類）一律用「底」；結構助詞（甲・一・3、4類）一律用「的」，如：「你底信」、「山頂底太陽」、「粉紅的花」、「燦爛的太陽」。

我們以為「底」的分別比較困難，可以取消，其餘三個字應該有所區分，在臺灣地區四、五十年來「的」國語都是這麼教「的」。但是，社會大眾的分辨能力不夠，大家混用不別的情況很嚴重，所以教育部《重編國語辭典修訂本》不得不兼顧現實，說明「得」「地」有時候可以同用「的」。

這種混亂，也是自古已然（《水滸傳》、《儒林外史》、《石頭記》例子很多，商務印書館印行黎錦熙《新著國語文法》第24、25、237頁有很清楚的說明），於今難免，如其不信，請大家討論下面這句中的「的」字應該用「得」還是「的」：

看官覺得，是我說「的」對？還是他說「的」好？

02

奮憤

——有為青年奮發向上，發憤圖強

「發憤」為什麼不可以寫成「發奮」？這是很多人不理解的問題。

奮，《說文解字》：「翬也。從奞在田上。《詩》曰：『不能奮飛。』」翬，音ㄏㄨㄟ，大飛。奞，音ㄙㄨㄟ，鳥張開翅膀要飛的樣子。

憤，《說文解字》：「懣也。從心，賁聲。」懣，音ㄇㄣˋ，心煩。

「奮」的意思是「鳥在田地上張開翅膀要飛翔」，可以用來比喻一個人要開始動作、開始振作。所以教育部《重編國語辭典》修訂本對「奮發」的解釋是：「激勵振作。」如：忠義奮發、奮發有為。

《說文解字》說「憤」的意思是心煩，三國時候，賈逵和典農校尉爭公事，爭不過典農校尉，於是「發憤生癭（音ㄧㄥˇ）」，也就是心中煩奮：鳥在田地張開翅膀要飛的樣子，比喻一個人要開始動作、開始振作。
憤：胸中情緒高漲，即將發作的意思。

悶，脖子上因此長了一個囊狀腫瘤。

說「憤」的意思是心煩，其實還是說得比較簡單。憤、懣，其實都有胸中情緒高漲，即將發作的意思。至於高漲的是那一種情緒，可以不必限定在煩悶。所以《論語．述而》篇記載，有一次一位葉（音ㄕㄜˋ）公（葉縣的長官）問孔子的學生子路說：「你的老師孔子是位什麼樣的人呀？」子路沒有回答。孔子知道了就跟子路說：「你怎麼不說：『我的老師是這樣的人，發憤用功時便忘了吃飯，修養自己到快樂得忘了憂愁，甚至於不知道自己已經快要衰老了。』」這種「發憤」是一種要提昇自己的強烈欲望。孔子真是一位可愛又可敬的老先生。

同篇又說：「子曰：『不憤不啟，不悱不發。』」意指：「如果不是心中想了解而有困難，那麼我就不開導他；如果不是心中有意見想表露而說不出來，那麼我就不引發他。」這種「心中想了解而有所困難」的「憤」，和孔子「發憤忘食」的「憤」一樣，是提昇自己的強烈欲望。

「奮發」是由兩個詞性相同的詞所組成的「聯合式合義複詞」，「奮」和「發」的詞性相同、意義相近；「發憤」是由一個動詞加上一個賓語所組成的「結合式合義複詞」，「發」和「憤」的詞性、意義都不同。

一開始說「發憤」不可以寫成「發奮」，其實也不盡然。「奮發」、「發憤」是常用詞，其實「發奮」、「憤發」在典籍上都有人用。

奮發：近於「努力」、「奮力」、「用力」。聯合式合義複詞，兩個詞性相同的詞組成。
發憤：近於「發心」、「發願」、「立志」。結合式合義複詞，一個動詞加上一個賓語。

「發奮」的意義和「奮發」一樣，聯合式合義複詞一般可以顛倒過來，意義並無不同，《重編國語辭典》修訂本雖然沒有收詞條「發奮」，但在「奮發」條下的「相似詞」中列了「發奮」一詞。《兒女英雄傳》第三十二回：「只他這等一想，那發奮用功的心益發加了一倍。」

「憤發」有「憤懣而發作」的意思，也就是心中有情緒而發作出來，如「忠義憤發」（忠義之心盈滿發作）、「仁勇憤發」（仁勇之心盈滿發作）。歐陽脩〈秋聲賦〉：「淒淒切切，呼號憤發。」形容秋天的聲音「淒淒切切，大聲呼嘯著，像是充滿了高漲的情感」，以人的情緒形容秋聲，非常細膩而傳神，〈秋聲賦〉不愧是一篇千古名作。

看了上面的分析之後，我們知道，「發憤」、「憤發」、「發奮」、「奮發」都是正確的詞，但是我們要知道怎麼使用它。否則的話，我們就只用常見的詞：「發憤」（近於「發心」、「發願」、「立志」）；「奮發」（近於「努力」、「奮力」、「用力」）。

相關詩文

《論語．述而》：「葉公問孔子於子路，子路不對。子曰：『女奚不曰：其爲人也，發憤忘食，樂以忘憂，不知老之將至云爾。』」

《論語．述而》：「子曰：『不憤不啓，不悱不發。』」

03

蕩盪

——湖上波光蕩漾，我們盪著小舟，隨風飄蕩

蕩：本是河名，後因假借而有了「狂放」、「搖動」等義。

盪：以清水涮洗器皿，或在水中加砂子、瓦礫，用力搖晃，清洗器皿。本來的意思是搖盪、洗盪。

某一國中為了加強學生學力測驗的能力，出了一個題目，考「蕩」和「盪」用法的不同，結果師生對答案看法不一。有老師因此問我：「波光蕩漾」、「盪舟湖上」，能不能寫成「波光盪漾」、「蕩舟湖上」？「蕩」和「盪」的用法，要怎麼區分？老實說，這個問題太難了，我可能回答得不能讓每個人都滿意。

蕩，音ㄉㄤˋ，從水𦵔聲，本來的意思是一條河流的名字，和「蕩漾」、「蕩舟」都沒什麼關係。後來因為假借的緣故，於是可以解釋為「平易（假借場）」、「寬大（假借宕）」、「狂放（假借愓）」、「搖動（假借盪）」……真不得了，有這麼多意思呢！

「蕩」可以替代「盪」，但又不完全，視使用習慣，並沒有客觀的區分標準。

盪，音ㄉㄤˋ，本來的意思是以清水涮洗器皿；或在水中加些砂子、瓦礫等，用力搖晃，來清洗器皿。所以它本來的意思是搖盪、洗盪。但是，這一個意思，又可以用「蕩」來表示，這一來，「代誌」就大條了。因為「蕩」字可以替代「盪」，但又不能完全替代，換句話說，這要看使用者的習慣，沒有任何其他客觀的區分標準。例如：

蕩漾，又可以作盪漾。

蕩舟，又可以作盪舟。

空蕩蕩，又可以作空盪盪。

迴蕩，又可以作迴盪。（所以「迴腸蕩氣」為什麼不可以寫成「迴腸盪氣」？）

盪滌，又可以作蕩滌。

盪平（正，但典籍少用），又可以作蕩平（誤，但典籍多用）。

掃盪（正，但典籍少用），又可以作掃蕩（誤，但典籍多用）。

有些是看起來同一形式，但是意思不太一樣的，如：

蕩蕩——廣大、平易、毀壞。

盪盪——法度廢壞、浮誇不實。

有些詞應該很少通用的，但是在教育部編的《重編國語辭典》中也難免混用（說混用也不大好，因為它們兩個本來就可以通用），如：

固定用法：坦蕩蕩（出自《論語》），腦震盪（近代新生詞）。

飄蕩——一般不作飄盪，但在「飛蓬」條下的解釋有「飄盪」。

放蕩——一般不作放盪，但在「思齊」條下引《魏書》有「放盪」。

激盪——一般不作激蕩，但在「動蕩」、「怒濤排壑」條下有「激蕩」。

有些是《重編國語辭典》不混用，但在典籍中卻是通用的，如：

洗盪——典籍有「洗蕩」。

流蕩——典籍有「流盪」。

浩蕩——典籍有「浩盪」。

「心蕩神搖」雖不做「心盪神搖」，但是文獻中既有「心蕩」（極為多見），又有「心盪」（較為少見），意思都是一樣的。

有些詞似乎沒有看到混用，但是理論上，它應該是可以通用的，也許只是我蒐羅的功夫不夠勤，如：「迴腸蕩氣」、「浪蕩」。

只有以下這些詞才是一般幾乎不會混用的，如：

坦蕩蕩——因為這是出自《論語》的詞，所以一般不會改動它。

腦震盪——因為這是近代新生詞，所以寫法比較固定。

很簡單的兩個字，但是用法卻這麼複雜，現在的中小學沒有統一教材，要老師自編教材，於是乎人人天馬行空，個個瞎子摸象，結果實在令人憂心。

04

須需

——人生得意須盡歡，澹泊供需不在求

須和需是兩個意義相去很遠的同音字，但是在必須、需求這樣的意義上，二者卻常令人困惑，不知所從。

「須」的本義是人的鬍鬚，甲骨文寫作「」，正是像人口下有鬚的形狀。《漢書》上描寫漢高祖劉邦的長像是「隆準而龍顏，美須髯」，意思是：鼻子高挺，臉像龍，鬍鬚很漂亮。

「須」的本義很少用，它常常假借為以下用法，如：

短時間——劉希夷〈白頭吟〉「宛轉蛾眉能幾時，須臾白髮亂如絲」，意思是「眉毛彎彎的美貌能夠維持多久呢？在很短的時間裡美人就老了，白髮亂得像絲線一樣」。

須：本義是鬍鬚，後多假借為「短時間」、「等待」、「要」。
需：本義是被雨水沾濕，後多假借為「要」、「需求」。

等待——「磨厲以須」，意思是「磨好了工具在等待」。

除了這些用法之外，須字最常見的用法是「要」，如：李商隱〈詠史〉「歷覽前賢國與家，成由勤儉破由奢。何須琥珀方為枕，豈得真珠始是車。」這種用法很普遍，例多不備舉。

「需」的本義應該是「濡濕」，就是被雨水沾濕。「需」字在周代的銅器銘文中寫作「」，像人頭上有雨，因此有濡濕的意思。文獻的「需」少用本義，多半假借為「要」、「需求」，這個意義的「需」和「須」比較難分別。

現代用法比較強調「需」和「須」不同，「需」有「一定要」或「應當有」的意味。如某詞典這麼寫：

須：1.一定；務必；應當。
2.鬍子；鬍鬚。
3.像鬍鬚的東西。
4.等待。
5.姓。

需：1.一定要有或應當有。
2.要用的東西。

我不知道「應當」和「應當有」有什麼不同？事實上，無論古人或

> 現代可稍作規定：「須」表動詞性，如：必須、須知等；「需」表名詞性，如：需求、供需等。

今人對這兩個字的使用，在「必要」這一個意義上，往往是不太能區分的，尤其是「必須（需）」這個詞。例如：

《重編國語辭典》「灌溉」條下的「詞彙解釋」是：「用人為方法與建各種工程設施，利用地面水或地下水供農田必需之水量，以發展農業。」又同書「亮票」條下的「詞彙解釋」是：「將選票公開出示他人或公眾。如：選舉結束開票時，選監人員必須一一唱票、亮票，以示選舉的公平性。」這兩句中的「必須（需）」的用法，完全看不出有什麼不同。

以下是需和須的簡單區分：

供需、需索（勒索、索求）、需求（名詞）等詞，不宜用「須」。而急需（《清史稿》或作「急須」）、不時之需（蘇軾〈後赤壁賦〉作「不時之須」）、軍需（《宋史》或作軍須）等詞，則間有例外。

磨厲以須、須索（必須）、須求（動詞）、不須、莫須有（秦檜說的話）、須彌（佛經中的山名）、須臾等詞不宜用「需」。而務須（《福惠全書》作務需）則間有例外。

現代語文講求精確統一，不管古人怎麼用，我們其實可以稍作規定：「須」表動詞性，如：必須、須知等；「需」表名詞性，如：需求、供需等。古人混用的詞，我們可以區分得明白一點。

在「要」的意義上，建議用「必須」，而非「必需」。

至於釋為「要」，一般混淆難分的「必須（需）」，我們建議一律用「必須」。因為「一定」要的意思是來自「必」，「須」本身只有「要」的意思。準此，「必需」這個詞反而是不合適的。如果照舊說，「需」有「必定有」的意味，那麼「必需」就成了「必『必定有』」，這不是有點語意重複了嗎？「必需」這個詞，我們就儘量不要再用了吧！

相關詩文

劉希夷〈白頭吟〉：「宛轉峨眉能幾時，須臾白髮亂如絲。」

李商隱〈詠史〉：「歷覽前賢國與家，成由勤儉破由奢。何須琥珀方爲枕，豈得眞珠始是車。」

05

德行德性

——看他那副德性，就知道他德行不良

德行、德性是很多人弄不清楚的詞，有時難免混用。尤其是在罵人的時候：「瞧他那副□□！」很多人都不知道這時該用「德行」，還是「德性」？

德是指正直的行為，它的本字應該寫作「悳」，上直下心，意思是直心正行。但是在實際文獻中，「德」字往往指中性的道德行為。

「行」的本義是「十字路」，引伸為行走，再引伸為人的作為。因此，「德行（音ㄒㄧㄥˋ）」的意思是「道德行為」，它是比較屬於外在的，它的用法有二：一般指合乎道德的行為。《神異經》說古代有一種壞動物，名叫「渾沌」，他的特性是：「其狀如犬，有目而不見，有兩耳而

德：正直的行為。
行：本義是「十字路」，引伸為行走，再引伸為人的作為。
性：本義是「天生的質性」。

不聞，有腹無五藏，有腸直而不旋。人有德行而往抵觸之，有凶德則往依憑之。」意思是：牠長得像狗，有眼睛而看不到，有耳朵而聽不到，有肚子沒有五臟，有腸子而是直的。牠最大的特性是：牠會去戳撞有道德的好人，但是會依附有凶德的人。這真是一種壞蛋動物。一般史書中稱讚一個人「有德行」、「德行施於後世」等，多屬正面意義。

「德行」的第二種用法看來似乎指中性的道德行為，孔子門下的好學生有四種：「德行：顏淵、閔子騫、冉伯牛、仲弓；政事：冉有、季路；言語：宰我、子貢；文學：子游、子夏。」這裡的「德行」看起來似乎是個中性的名詞。不過，歷代文獻用到「德行」，一般仍多指好的道德行為。文獻中常見到的如：「德行純淑」、「德行芬芳」、「德行醇備」、「德行高妙」、「德行純備」、「德行卓絕」、「德行清茂」、「德行高峻」、「德行清美」等，多屬此類，「德行」後面幾乎看不到壞字眼。

「性」的本義是指「天生的質性」，萬物都有「天性」，所以〈中庸〉上說：「天命之謂性。」意思是：上天所賦予的就是本性。人有人性，狗有狗性，竹有竹性，水有水性。因此，「德性」指「道德天性」。它是比較屬於內在的，本來也是一個中性的名詞，但是一般的使用也多半是含有道德良好的意味，史書中用到「德性」，如：「德性純粹」、「德德行：偏重外在的行為。
德性：屬於內在的修養。

性厚重」、「德性寬柔」、「德性貞靜」、「德性約束」等，其後也幾乎沒有看到有壞字眼的。

「德行」、「德性」，讀音完全相同，用法也很接近，實在是不容易區分。我們只要把握住，「德行」是偏重外在的行為，「德性」是屬於內在的質地，就比較不會攪混了。

讓我們發揮醇厚的德性，表現完美的德行。

06

響嚮向晌

——過了半晌，鐘聲響起，秋陽向晚，令人嚮往

響，音ㄒㄧㄤˇ，意思是：聲音、大聲、回聲、訊息等。它的字形結構是「從音，鄉聲」，所以它和「音」有關，讀音和「鄉」接近。駱賓王〈在獄詠蟬〉：「露重飛難進，風多響易沈。」意思是：露水太重，我這清高的蟬飛不進；風聲太多，我這清雅的聲響發不出。王維〈送梓州李使君〉：「萬壑樹參天，千山響杜鵑。山中一夜雨，樹杪百重泉。」意思是：成千上萬的山谷中的樹木高聳入天，杜鵑到處鳴叫著。山中下了一夜的雨，樹梢就流下一重又一重的泉水。

嚮，音ㄒㄧㄤˋ，同方向的「向」，從向、鄉聲。杜荀鶴〈寄舍弟〉：「世亂信難通，鄉心日萬重。弟兄皆嚮善，天地合相容。」意思是：世

響：聲音、大聲、回聲、訊息等。
嚮：同方向的「向」。
晌：片刻、正午。

局混亂，音訊難通，我思念家鄉的心，一天湧起千萬重。我的弟兄們都一心向善，在天地間應該能相容。

不幸的是，古人常常把形音相近的字假借通用，因此造成後世相當大的困擾。例如班固就很喜歡做這樣的事，他寫的《漢書》喜歡把「早」字寫成「蚤」，《漢書．司馬遷列傳》：「今僕不幸，蚤失二親。」《漢書．伍被列傳》把「天下響應」寫成「天下嚮應」。我們是否應該說班固寫錯字呢？其實是可以的！古代字少，類似這種同音替代的字，漢代很常見，當時人並不認為這是錯字。何況是大名鼎鼎的班固寫的，當然沒有人會說他寫錯字囉！更麻煩的是，後人也跟著這麼用，例如唐代有名的大文學家司空圖的〈上陌梯寺懷舊僧〉：「雲根禪客居，皆說舊無廬。松日明金像，山風嚮木魚。依棲應不阻，名利本來疏。縱有人相問，林間懶拆書。」「山風嚮木魚」應該寫成「山風響木魚」。

向，《說文解字》解釋為「朝著北方開的窗戶」。甲骨文寫「[illegible]」，「宀」是房子，「口」是在牆上開的窗戶。《詩經》上說，一到冬天，北方的居民就要「塞向墐戶」，意思是：把朝北的窗戶塞起來，把門戶的縫隙填好，免得寒冷的北風侵襲進到屋子裡。

嚮和向雖然是同一個字，但那是文言文中呈顯的現象。在白話文中，除了「嚮往」、「嚮導」兩個詞保留用「嚮」字外，其餘有關「方除了「嚮往」、「嚮導」保留用「嚮」外，其餘有關「方向」的一律用「向」。

「嚮往」不可寫成「響往」。

向」意義的詞，我們一律用「向」，不用「嚮」。

晌，音ㄕㄤˇ，意思是片刻、正午。李後主〈浪淘沙〉：「簾外雨潺潺，春意闌珊。羅衾不耐五更寒，夢裡不知身是客，一晌貪歡。」後兩句的意思是：在夢中不知道自己已經被俘虜了，仍然貪圖那片刻的歡樂。麻煩的是：這個詞常常又寫成「一向」，例如〈大目乾（犍）連冥間救母變文〉：「于時一向子，上至梵天宮。」意思是：片刻就到了梵天宮。

頭昏了沒？這五個字其實是可以分得很清楚的。時下很多同學把「影響」寫成「影嚮」，「嚮往」寫成「響往」，「嚮導」寫成「響導」，這是錯的。不能以古人也這麼寫來強辯，因為我們不是現代班固。要知道，班固是大人物，我們只是小人物。更要知道，很多事大人物做就是「創造性的模糊」，小人物做就是「不可原諒的錯誤」。

相關詩文

駱賓王〈在獄詠蟬〉：「露重飛難進，風多響易沈。」

王維〈送梓州李使君〉：「萬壑樹參天，千山響杜鵑。山中一夜雨，樹杪百重泉。」

李後主〈浪淘沙〉：「簾外雨潺潺，春意闌珊。羅衾不耐五更寒，夢裡不知身是客，一晌貪歡。」

07 梨黎黧

——梨花白雪香，黎甿殊未安

梨、黎、黧三個字，都讀作「ㄌㄧˊ」，但是上部的寫法卻不一樣，這是不是有點令人迷惑呢？

梨，音ㄌㄧˊ，水果名，是個形聲字，下部是個木字，表示和樹木有關；上部是個「利」，表示讀音和「利」相同或相近。這個字依《說文解字》的字形，應該寫成「棃」，上部的「𥝢」其實就是古寫的「利」字。

古代「刀」的樣子是「丿」，小篆的「刀」字寫成「ㄉ」，就是像「刀」的樣子。楷字寫成兩筆就作「ㄉ」，寫成三筆就作「⺈」，在左偏旁中往往寫成「刂」。看起來是三個不同的字形，其實是同一個字的不黎：黏鞋子的黍米，有點像後世的漿糊。
黧：意思是黑。

同寫法罷了。

黎，音ㄌㄧˊ，《說文解字》的解釋是：「履黏也。」意思是：黏鞋子的黍米，有點像後世的漿糊。這個字很有意思，它的上部是個「𥝩」，但是「𥝩」的左邊和「黎」字的下半部合起來又是個「黍」字。換句話說，「黎」字是由「黍」和「𥝩」組成，而「黍」和「𥝩」又共用一個「禾」字。

黧，音ㄌㄧˊ，意思是黑。這個字的下部是個「黑」，表示和「黑色」有關；上部是個「𥝩」，表示它和「利」的讀音相同或相關。

岑參的〈白雪歌送武判官歸京〉寫道：「北風捲地白草折，胡天八月即飛雪。忽然一夜春風來，千樹萬樹梨花開。」意思是：「北風捲地，枯白的草因此折斷，胡地的天氣八月就下雪了。忽然一夜之間春風來了，千棵萬棵的梨花都綻開了。」寫北地風光，真是如畫一般美。

杜甫〈百憂集行〉：「庭前八月梨棗熟，一日上樹能千回。」意思是：「院子前八月梨棗熟了，我一天爬樹能爬千回。」寫小孩子的情況，天真有趣。

黎，文獻很少用本義，大部分都用為和「黧」同義，如：黎民、黎甿（都是指平民）等。另外，佛教中指「能教授弟子法式、糾正弟子行為，並且為其模範的人」為「阿闍（ㄕㄜˊ）梨」，簡稱「闍黎」。

唐朝王播，少貧賤，曾經在揚州木蘭院寄居，並且吃免費的齋飯，久了之後，寺僧有點厭嫌他，於是有一次在飯後才敲鐘（平常都是敲鐘後才吃飯），等王播聽到鐘聲過去，僧人已經吃完飯了。王播知道僧人的意思，於是黯然離去。過了二十幾年，王播當了官，而且回到揚州，重訪惠照寺，看到他當年的題詩都被罩上碧紗保護。王播很感慨惠照寺僧人的勢利，於是寫了兩首詩：

「三十年前此院遊，木蘭花發院新修。如今再到經行處，樹老無花僧白頭。」

「上堂已了各西東，慚愧闍黎飯後鐘。三十年來塵撲面，如今始得碧紗籠。」

當年面對「飯後鐘」，如今面對「碧紗籠」，人生的際遇，人情的冷暖，真是令人感慨啊！

相關詩文

岑參〈白雪歌送武判官歸京〉：「北風捲地白草折，胡天八月即飛雪。忽然一夜春風來，千樹萬樹梨花開。」

王播：「三十年前此院遊，木蘭花發院新修。如今再到經行處，樹老無花僧白頭。」「上堂已了各西東，慚愧闍黎飯後鐘。三十年來塵撲面，如今始得碧紗籠。」

08

折摺

——衣服打摺損傷，所以打折賤售

折：折斷。甲骨文右旁是「斤」(斧頭)，左邊是斷開的「木」，表示用斧頭砍斷樹木。

打折？打摺？摺衣服？折衣服？到底應該怎麼寫？

折，音ㄓㄜˊ，《說文解字》說：「折，斷也。」它是個會意字，在甲骨文中寫作「」，右旁是個「斤」(古代的一種斧頭)，左邊是個斷開的「木」字，表示用斧頭砍斷樹木，所以「折」字的意思是「折斷」。

摺，音ㄓㄜˊ，《說文解字》說：「摺，敗也。」這個用法現在很少見到，段玉裁注說：「今義為摺疊。」它是形聲字，從手、習聲。國語「習」聲和「摺」聲相差得比較多。

「習」本來有「鳥習飛」的意思，小鳥練習飛翔時，一遍又一遍地摺：重疊。「習」本有「鳥習飛」的意思，小鳥一遍又一遍練習，才能學好飛翔。從「習」得聲的字常有「重複」、「重疊」的意思。

學，才能把飛翔的技巧學好。所以從「習」得聲的字往往有一遍又一遍、一層又一層這類「重複」、「重疊」的意思。

從以上的分析，我們知道：「折」是「斷開」的意思，「摺」有重疊的意思，因此，「摺衣服」絕對不能寫成「折衣服」，因為我們並沒有把衣服「折斷」嘛！

打摺，是指一層一層地疊出花紋，例如衣服適度地「打摺」，可以增加美感，它並沒有把衣服折斷。

打折，是指把價錢「砍」掉一些，打五折就是砍掉五成，打三折就是砍掉七成，它確實是把價錢砍掉了。

「折」和「摺」的意思完全不同，本來是很容易區分的，為什麼很多學生會弄錯呢？原因是在北方語系中，「折」和「摺」讀成同音，因此一不小心就會弄錯了。

但是，在南方方言中，「折」和「摺」是完全不同音的，所以閩南、客家、廣東人絕對不會把「摺衣服」唸成「折衣服」。「打折」和「打摺」也不會弄錯。摺扇、摺紙、奏摺，照理都不應該寫成「折」。折腰、折柳、折磨，照理都不應該寫成「摺」。

但是，這樣的錯誤太普遍了，所以連教育部出版的《重編國語辭典》不能免俗地要接受這種錯誤而通行的用法，因而有「折紙」這樣的詞頭

「摺衣服」不能寫成「折衣服」，因為並沒有把衣服「折斷」。

出現。

這種情形在南北方言中都會出現。南方人不會把「交代」寫成「交待」，北方人不會把「師父」唸成接近「舒服」。

語文應該力求精確，不應馬馬虎虎，得過且過。報載最近有一個婦人在離婚協議中寫明「應得四百萬元」，結果少寫了一個「萬」字，這一下損失可大了。所幸英明的法官做出了公正的判決，彌補了她一時粗心的過失。「折」和「摺」唸起來一樣，但是一個斷了，一個沒斷，差別忒大，要仔細分辨喔。

09 念唸

——良人遠去，心上掛念，口中叨唸，忒煞情多

念：長久的思念。
唸：本來的意思是「呻吟」。

唸書、唸經、碎碎唸，是否一定都要寫成口旁的「唸」？為什麼我們看到很多文獻用的卻是「念」？

念，音ㄋㄧㄢˋ，《說文解字》說：「念，常思也。」意思是：長久的思念。它是個形聲字，從心、今聲。只是用我們今天的語言讀起來，今聲和念聲相差得比較多。

唸，音ㄋㄧㄢˋ，《說文解字》說：「唸，唸吚，呻也。」這個解釋和我們今天所熟知的完全不一樣。其實《說文解字》的解釋換成白話來說，「唸」的意思是「呻吟」。它也是個形聲字，從口、念聲。

從這兩個解釋來看，「念」、「唸」都沒有「唸書」、「唸經」、

社會大眾有種習慣，某字偏旁不夠明顯時，會加上一個覺得比較合理的。

「碎碎唸」的「唸」的意思，那麼，我們應該寫那一個字呢？

古人其實是寫「念」字的。心中掛念，口中自然會「碎碎念」，所以由心中掛念的意思很容易就引伸到口中叨唸了。《紅樓夢》第十四回：「說著，便吩咐彩明念花名冊，按名喚進來一個一個看視。」

那麼，為什麼我們今天很多人都寫「呻吟」的「唸」呢？

一般社會大眾寫字有一種習慣，他們覺得這個字的偏旁不夠明顯的時候，往往就會加上一個他們覺得比較合理的偏旁。例如：「上」、「下」本來只是一個方位詞，但是引伸而有行動的意思，如上臺北、下高雄等。古人覺得這樣用不是很理想，於是把上字加了一個「辵」部，表示這是一個跟行動有關的詞。只是後世覺得沒有必要，所以這個寫法並沒有被繼承下來。

同樣的情形歷代都有，例如：「麻糬」這種好吃的東西，也有人寫成「麻薯」，後來有人覺得這是糯米做的食物，而不是「麻」做的，於是把「麻」字也加上「米」旁作「⿰米麻」，更誇張的是有人把寫成「麻薯」的錯字通通加上「米」旁作「⿰米麻⿰米薯」，夠神勇吧！

又如「家具」，就是家裡的用具。寫的人覺得「具」字不像「家具」，於是把它寫成「家俱」，後來又有人覺得「家」也不像「家具」，於是通通加上「人」旁作「傢俱」，夠神勇吧！

關於唸書、唸經、碎碎唸，古人是寫「念」。

「念」也是一樣，寫的人覺得「念」沒有「口」旁，不像「碎碎念」的樣子，於是加上「口」旁作「唸」，殊不知這就侵犯到「呻吟」的「唸」字啦！但是用之既久，大家覺得也很好，所以「唸」的這種新用法就被接受了，從此古人「念」、今人「唸」，大家有志一同，一起「碎碎唸」。

下次試著把「碎碎唸」寫成「碎碎念」，看看會不會讓人少念一點？

10

卷券

——讀書破萬卷，就不會沉迷樂透彩券了

近年來樂透彩券風行，很多人希望一夕致富，每個月把大把的銀子投下去買彩券，希望中到比被雷公打到的機會還小的頭彩。結果人沒打到頭獎，錢倒被雷打到，全部化為烏有了。其實「大富由天、小富由儉」，孔子早就說了：「富而可求也，雖執鞭之士，吾亦為之；如不可求，從吾所好。」（富如果可以用人力求得，那麼就是幫人開車子，我也願意；如果不是人力可以求得的，那麼我就要去做我喜好的理想事業了。）

很多人都會覺得奇怪，彩券的券底下寫成「刀」，同樣是紙做的考卷，「卷」字底下卻寫得不一樣，這是怎麼回事呢？

卷：讀ㄑㄩㄢˊ，小腿骨彎曲，引伸為彎曲，讀ㄐㄩㄢˇ。古代圖書用竹簡編成，幾十支編在一起，捲成一卷，讀ㄐㄩㄢˋ。

券：ㄑㄩㄢˋ，有信用需求的文件，在兩段相同內容中間畫上符號，從中間剖開，需核對時，拼在一起檢查，以辨真偽。

卷，音ㄐㄩㄢˋ，又音ㄐㄩㄢˇ、ㄑㄩㄢˊ，《說文解字》說：「卷，膝曲也。從卩（音ㄐㄧㄝˊ）、𠔉（音ㄐㄩㄢˋ）聲。」它是個形聲字，音思是：小腿骨彎曲。這個意思要讀ㄑㄩㄢˊ。後來引伸為一切彎曲，讀ㄐㄩㄢˇ。古代的圖書用竹簡編成，幾十支竹簡編在一起，捲成一卷，就讀ㄐㄩㄢˋ。後來圖書不用竹簡書寫，但是起初還是保留竹簡的捲法，每若干篇章捲在一起叫做一卷。再後來書籍編成一頁一頁的，若干頁也叫一卷。這就是我們今天「書卷」這種稱呼的由來。再後來，「考卷」雖然只有一頁，也叫做卷，這就不足為奇了。

券，音ㄑㄩㄢˋ，《說文解字》說：「券，契也。從刀、𠔉（音ㄐㄩㄢˋ）聲。券別之書，以刀判契其旁，故曰書契。」它是個形聲字，意思是：凡是有信用需求的文件，先在一塊竹簡或木牘上寫兩段一模一樣的約定內容，然後在兩段內容中間畫上一些符號，然後從這些符號中間剖開，一人拿一分，將來要核對的時候，雙方把文件拿來拼在一起，看看上面的符號是否能對得上。對得上的就是真的文件，對不上的就是假的。所以彩券、債券這些信用文件都要寫成「券」，下半部是個「刀」，因為它要用刀來剖成兩半啊。後世雖然不用竹簡木牘來書寫債券，但用紙、用布來寫，一樣是要從中間畫押切開，性質和古代是一樣的。

明白了二者的不同之後，我們知道：凡是有信用需求的文件就要用二者區別：有信用需求的文件用「券」，與信用無關的文書、期籍，用「卷」。

「券」字。《史記．孟嘗君傳》寫到馮驩為孟嘗君收買人心，做得最漂亮的一次就是「馮驩買義」，孟嘗君要他到薛地去收債，他到了薛地之後，卻把人民找來，一把火把債券都燒掉，讓人民對孟嘗君非常感恩。所以後來孟嘗君失勢的時候，只有薛地的人民對他最好。

凡是與信用無關的文書、期籍，就要用「卷」字。杜甫〈奉贈韋左丞丈二十二韻〉自誇自己年輕時：「讀書破萬卷，下筆如有神。賦料揚雄敵，詩看子建親。」意思是：「我年輕時就讀破上萬卷的書，寫起文章來如有神助。我的賦可以和揚雄媲美，我的詩可以和曹植相當。」這樣的口氣，是多麼的自負啊！

我們要牢牢記住：彩券買多了就會變債券，這兩券底下都有刀，會要命的。

相關詩文

杜甫〈奉贈韋左丞丈二十二韻〉：「讀書破萬卷，下筆如有神。賦料揚雄敵，詩看子建親。」

11

騖鶩

——宜應馳騖寰宇，不可畫鶴成鶩

每年的元宵節總在全臺歡慶，熱熱鬧鬧的氣氛中度過。以燈會來說，馬年時臺北的燈會主題是「駿馬開太平」，明白易曉；高雄燈會的主題是「馳騖寰宇」，氣象雄渾，都很適合當時「馬年」的主題。

可能是全民的國文水準確實下降了吧，元宵節前後聽到不少節目主持人在念「馳騖寰宇」的時候，都會猶豫一下；唸完之後又會加一句：「不知道什麼意思？」可能主持人把「騖」、「鶩」兩個字在心中攪混了吧。

騖，音ㄨˋ，《說文解字》說：「騖，亂馳也。從馬，敄聲。」它是個形聲字。字面上的意思是：馬亂跑。實際引伸的意思是：馬很快地騖：馬亂跑，引伸為「馬很快地跑」。
鶩：野鴨。

跑。所以「馳騖寰宇」的意思是：駿馬在宇宙中飛快地奔馳。《重編國語辭典》收有「馳騖」一詞，意思是：「奔走、奔馳。」

鶩，音ㄨˋ，《說文解字》說：「鶩，舒鳧也。從鳥，敄聲。」它是個形聲字。意思是：野鴨。

屈原《離騷》說：「忽馳騖以追逐兮，非余心之所急。」意思是：一天到晚奔馳追逐，並不是我心中最急的事啊！

又有「好高騖遠」一詞，意思是：一味嚮往高遠的目標，而不肯腳踏實地去努力做。

漢代大將馬援有一次寫了一封信給他的姪兒馬嚴、馬敦，告訴他們：人生有兩種努力方式，一種是交遊廣闊，長袖善舞，這種人成功快，但失敗也快，像當時的名人杜季良就是這種人。一種是敦厚謹慎，謙恭節儉，這種人成功得慢，但是一步一腳印，日積月累，不會失敗，像當時的名人龍伯高就是這種人。

馬援告訴他哥哥的兩個兒子說：我希望你們學龍伯高，因為龍伯高像隻高潔的鵠（天鵝），「畫鵠不成，當類鶩也」（畫天鵝不成，至少還像隻自由自在的野鴨子）；希望他們不要學杜季良，因為杜季良像隻縱橫天下的老虎，「畫虎不成，反類狗也」（畫老虎不成，就像隻任人踐踏的狗了。古代對狗是很輕視的）。「畫虎不成反類犬」、「刻鵠類鶩」

這兩個成語，就是從馬援這封信來的。

野鴨子因為自由自在，所以可以長得很好，宋・洪咨夔〈狐鼠詩〉說：「不論天無眼，但管地無皮，吏鶩肥如瓠，民魚爛欲糜。」意思是：貪官污吏不管老天有眼無眼，只顧著搜括地皮。搜括的官吏像野鴨子，肥得像瓠瓜一樣，人民則苦得像一條快爛掉的魚。詩文控訴貪官污吏的惡行，寫得入木三分。

「趨之若鶩」指貪圖一些蠅頭小利，看到這些蠅頭小利就像野鴨子爭食物一樣，一擁而上。「雞鶩爭食」和「趨之若鶩」的意思相近，指一些目光淺短的人，像雞鴨一樣，只會爭一些眼前的小利，而不知道人生應該有更高遠的理想。

從馬的「騖」是駿馬在跑，從鳥的「鶩」是野鴨子會飛，不會再攪亂了吧！至於最令人頭大的「心無旁騖」，我們另文討論吧。

相關詩文

《離騷》：「忽馳騖以追逐兮，非余心之所急。」

洪咨夔〈狐鼠詩〉：「不論天無眼，但管地無皮，吏鶩肥如瓠，民魚爛欲糜。」

騖：動詞，馬亂跑。
鶩：名詞，野鴨。

12 心無旁騖

——擁馬派和擁鳥派的論戰

我的學生問我，他們學校考試出了一題選擇題，標準答案是「心無旁騖」，可是他認為應該是「心無旁鶩」。學校裡的國文老師經過討論後分成兩派，一派擁馬主張「騖」，一派擁鳥主張「鶩」，究竟是那一種說法對？

坦白說，現有的工具書中，這兩種寫法都出現過，情勢有點亂。騖，音ㄨˋ，字面上的意思是：馬亂跑。鶩，音ㄨˋ，意思是：野鴨。這兩個字的分別其實還算清楚，依照動詞、名詞來判斷，也都不算困難。但是在「心無旁騖」這個詞上，困難出現了。

大部分的辭典都沒有收「心無旁騖」，似乎它還不被認為是一個熟心無旁騖：心志不要（會）隨便亂跑，即立定志向，專心致志。

詞。教育部《重編國語辭典》在「入迷」、「入神」兩詞條的解釋中用了「心無旁騖」；但是，在「旁鶩」條下卻說：「旁鶩，無心工作，被外物所吸引。如『心無旁鶩』。」而《成語典》收了「心無旁騖」一條，用的卻又是「鶩」字，解釋為：專心一意而無其他念頭。如：「讀書要心無旁鶩，才能學有所成。」同樣是教育部編的工具書，「心無旁鶩」和「心無旁騖」同出，顯有矛盾。

大陸編的《漢語大詞典》收有「旁騖」而沒有「旁鶩」，詞例是：「〈希特勒〉攻波蘭，攻挪威，攻荷、比、法，攻巴爾幹，都是注全力於一處，不敢旁騖。」

以上工具書都具有相當權威的地位，但是紛亂至此，讓人無所適從。那麼，我們應該怎麼決定呢？

古代文獻中並沒有見到「心無旁騖」一詞，「旁騖（鶩）」倒是出現了幾次。〈曾國藩致方宗誠書〉有「望閣下無因鄙言而旁騖駢枝，翻失故步」句，意思是：「希望你不要因為我說的話而四處旁求，反而亂了舊有的步伐」。《清會典釋例》有「各守乃業，則業無不成；各安其志，則志無旁騖」，意思是：「人民各自固守自己的事業，那麼事業沒有做不成功的；各自安於自己的志向，那麼志向就不會四處亂跑」。李鴻章〈格致入門序〉有「西人畢生致力於象緯器數之微，志無旁騖」，

「心無旁騖」寫成馬旁的「騖」比較合理，寫成鳥旁的「鶩」應該是假借。

意思是：「西方人一輩子致力於『象緯器數』等的學科，心志不會隨便亂跑」。從這些前賢的文字來看，「心無旁騖」的意思是：「心志不要（會）隨便亂跑」，即立定志向，專心致志。「無」可以看成動詞，釋成「不要」、「不會」、「沒有」等。

《清史稿．吳嘉賓劉傳瑩傳》有「舍孝弟取與之不講，而旁鶩瑣瑣，不亦慎乎」，意思是：「捨棄了孝悌、取與之道不講求，而四處追求煩瑣小道，不是太顛倒錯亂了嗎」。「旁鶩」的「鶩」應釋為「四處亂跑」，顯然是「騖」的假借。

綜上所述，「心無旁騖」寫成馬旁的「騖」比較合理，寫成鳥旁的「鶩」應該是假借。只是，連字典、辭典都亂成一團，一般的老師和學生要怎麼去分辨呢？看來，教育部成立永久性的「國家辭典編委會」，實在是很有必要的啊！

相關詩文

《清會典釋例》：「各守乃業，則業無不成；各安其志，則志無旁騖。」

13 徹 澈

——通天徹地，山青水澈

徹，音ㄔㄜˋ，《說文解字》說：「通也。從彳、從攴、從育。」這是說：「徹」的意思是「通達」、「貫通」。不過，它解釋字形有點問題。「徹」的右旁在甲骨文中寫成「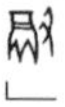」，換成楷字應該寫做「㪉」，像一隻手撤除一個食具（鬲，古代烹煮食物的器具），它的意思是撤除。後來左邊加上「彳」旁，「鬲」形訛變成「育」形、手形變成「攴」形，這就變成後來小篆隸楷的寫法——「徹」。

「徹」是個形聲字，從彳、㪉聲，意思是通。一件事物從頭貫到尾就叫徹，例如：徹頭徹尾、通天徹地、貫徹始終、痛徹心腑。

澈，音ㄔㄜˋ，不見於《說文解字》，顯然是個比較晚產生的字。

徹：通，一件事物從頭貫到尾。
澈：水很清。

還沒有「澈」字時，古人借用「徹」來表示清澈；有了「澈」後，有些人仍習慣借用「徹」。

《玉篇》說：「水澄也。」意思是：水很清。據此，「徹」和「澈」應該是完全不同的兩個字。

白居易〈以鏡贈別〉詩：「人言似明月，我道勝明月。明月非不明，一年十二缺。豈如玉匣裡，如水常澄澈。」意思是：一般人都說鏡子像明月，我卻要說鏡子勝過明月。明月不是不亮，但是一年要缺十二次。那裡比得上玉盒子裡的鏡子，總是像水一樣的清澈呢！

凡是像水一樣清澈都可以叫澈，如杜甫〈徐卿二子歌〉說：「大兒九齡色清澈，秋水為神玉為骨。小兒五歲氣食牛，滿堂賓客皆回頭。」意思是：徐卿的大兒子九歲，臉色清澈，神氣像秋天的河水、身骨子像玉。小兒子五歲，豪氣可以吞下一頭牛，他一發聲，滿堂的賓客都會回頭。

這麼不同的兩個字，為什麼有人會混淆呢？這也不能怪他們，因為在還沒有「澈」字的時候，古人要表示清澈義的話，只能借用「徹」來寫。到後來，有了「澈」字以後，有些人還是習慣借用「徹」字。例如：張紹〈沖佑觀〉說：「三湘清徹。」湘是水名，湘水清澈不應該用徹字，這顯然是寫錯字了。「澈」既然可以寫成「徹」，那麼，「徹」就也可以寫成「澈」嘍！

另外，水清就可以見到底，和「通徹」的意思相接近，所以「徹底」

與水清無關的，都寫做「徹」比較好。

就容易被寫成「澈底」。依本字本義，寫成「澈底」其實是錯的，但是《老殘遊記》第十七回說：「我已澈底想過。」《老殘遊記》這麼有名的一本小說，它的影響力有多大啊！「徹」、「澈」的不同，從此被「澈底」打敗了。

張九齡〈登臨沮樓〉：「雜樹緣青壁，樛枝掛綠蘿。潭清能徹底，魚樂好跳波。」（雜樹爬在青壁上，彎彎的樹枝上掛著綠蘿。潭清能透底，魚兒快樂地跳在水面上。）這兒的「徹底」寫錯了嗎？當然沒有！因為它的意思是「通底」。

如果不管古人怎麼寫，要嚴格辨明的話，除了像水一樣透明的清澈、澄澈外，其他與水清無關的，都以寫做「徹」比較好。

相關詩文

白居易〈以鏡贈別〉：「人言似明月，我道勝明月。明月非不明，一年十二缺。豈如玉匣裡，如水常澄澈。」

杜甫〈徐卿二子歌〉：「大兒九齡色清澈，秋水爲神玉爲骨。小兒五歲氣食牛，滿堂賓客皆回頭。」

張九齡〈登臨沮樓〉：「雜樹緣青壁，樛枝掛綠蘿。潭清能徹底，魚樂好跳波。」

14 突凸

——突出自我，凸顯問題

突，音ㄊㄨˊ，《說文解字》說：「突，犬從穴中暫出也。」意思是：狗從洞穴中很快地跑出來。因為狗的速度很快，所以「突」有快得超出人們預料的意思。突然、突襲、東奔西突，都跟這樣的意思有關。「突出」的意思有二：一是像狗一樣很快地衝出；二是表現特出，超出人們預料。

凸，音ㄊㄨˊ，是一個比較晚產生的字，《說文解字》看不到。它是個晚出現的指示字，用字形的外表顯示出高出來的意思。和它相對的「凹」字一對比，造字本義便一目了然。

「凸」字表示物體高出來，所以凡是高出的意思都可以用「凸」。例突出：強調比別人特別超出，多形容人或事。
凸出：（凸相對於「凹」）某樣物體高出來，多形容物。

突顯：特別顯現。
凸顯：凸出而顯現。

如：挺胸凸肚、凸透鏡、凹凸有致等。

「凸出」和「突出」不同，「凸出」只是說某樣物體高出來；「突出」則強調某樣事物比別人特別超出。「凸出」本來比較著重物質性，但經過文學家修辭手法的轉化之後，它也可以用來比喻人事物的傑出。但一般說來，我們形容人或事，往往用「突出」，形容物往往用「凸出」，二者還是有習慣上的不同。

「凸顯」的意思是凸出而顯現，它用在形容人的事物上，如：「這次的烏龍事件，凸顯了管理上的疏失。」這種用法的「凸顯」和「突顯」意義接近。教育部的《重編國語辭典》的詞條只有「凸顯」，而沒有「突顯」，但是，在解釋的內文中卻出現了十五次「突顯」，可見得「突顯」已經被文人作者接受了。從本義結構來說，「凸顯」的意思是：「凸出而顯現。」「突顯」的意思是：「特別顯現。」

「突」和「凸」的本義不同，用法不同，但是在「突出」／「凸出」、「凸顯」／「突顯」這兩組詞上卻有相當多的糾纏。我們只要把握住「突」有「特別」的意思就可以了。

「突」也是煙囪，「灶突」就是灶上的煙囪。「曲突徙薪」是說煙囪下的薪柴容易著火，要早點搬開。但這樣的先見往往不被世人重視。周曇〈再吟〉：「曲突徙薪不謂賢，焦頭爛額饗盤筵。時人多是輕先見，不獨田家國亦然。」意思是說：「叫人要把煙囪下的薪柴早點搬開的人，不被認為是聰明賢達；不幸失火了，搶著幫忙救火而被燒得焦頭爛額的人，卻被當做大恩人請吃飯。世人多半都是輕忽先見之明，不只鄉下百姓是這樣，治國的人也是這樣。」

區別的重點：「突」有「特別」的意思。

相關詩文

周曇〈再吟〉：「曲突徙薪不謂賢，焦頭爛額饗盤筵。時人多是輕先見，不獨田家國亦然。」

15 振震

——振衣千仞岡，威風震八方

振，音ㄓㄣˋ，《說文解字》說：「振，舉救之也。一曰：奮也。從手，辰聲。」據此，「振」本來的意思是賑救災民，同「賑」字。另一個意思是「振奮」，這個字義和「震」字有時會有點兒糾纏。

震，音ㄓㄣˋ，《說文解字》說：「震，劈歷振物者。從雨，辰聲。」劈歷，是古代對暴雷的稱呼，「震」是能振動萬物的暴雷，本來是個名詞，引伸為暴雷振動萬物，這個意思和「振」也有點兒糾纏。

「振」的本義同「賑」，晉朝的魯褒寫了一篇〈錢神論〉說：「振貧濟乏，天不如錢。」意思是：「要賑濟窮人，老天爺的力量不如錢來得有用。」說得真有意思。

振：本同「賑」，後世主要是指用手振動東西。
震：本是雷電震動萬物，引伸為大自然暴烈的震動。

後世一般使用「振」字，主要是指用手振動東西，如屈原〈漁父〉中說：「新沐者必彈冠，新浴者必振衣。」意思是：「剛洗完頭的人一定會把帽子彈乾淨；剛洗完澡的人一定會把衣服抖乾淨。」李白利用這幾句而反其意寫了另外一首樂府詩〈雜曲歌辭．沐浴子〉：「沐芳莫彈冠，浴蘭莫振衣。處世忌太潔，至人貴藏輝。滄浪有釣叟，吾與爾同歸。」前四句的意思是：「已經洗了香香的頭，不要再拚命彈冠了吧！已經洗了香香的澡，不要再拚命抖衣服了吧。處世不要太孤僻，帶有不可救藥的潔癖，高人要懂得把自己的光芒隱藏起來。」

「震」本來是雷電震動萬物，《易經》中有一卦就叫「震卦」，卦辭說：「震驚百里。」西周晚期發生了一次大地震，《毛詩．小雅．十月之交》說：「燁燁震電，不寧不令。百川沸騰，山冢崒崩。高岸為谷，深谷為陵。」意思是：「閃耀的雷電，使得大地不安寧。地震來時，百川像被煮沸了，山陵也崩了，高岸變成深谷，深谷變成山陵。」好可怕！

「震」字由雷電震動引伸為大自然暴烈的震動，用在天地可以說「震天動地」，用在時間可以說「震古鑠今」，這種搖動是力量雄偉的，非人力所能達到的。

「振」和「震」的區別主要在：「振」是人為的、力道較小的；

二者區別：「振」是人為、力道較小；「震」是非人為、力道極大。

「震」是非人為的、力道極大的，區別其實是非常清楚的，但在某些詞中確是很難區別，如「威名振」也可以寫成「威名震」，二者似無不同，但感覺上「威名震」比「威名振」要強。「震恐」也做「振恐」，但似乎也以寫成「震恐」比較強。《紅樓夢》第十三回有「搖山振岳」一詞，表面上看似乎寫成「搖山震岳」比較合理，因為山岳不可能用手來搖動；但這句話是用了誇張的手法，本來就是超現實的，我們不能以山岳能否搖動來理解這一句。這麼說來，反倒是寫成「搖山振岳」比較合理了。

精微吧！語文的使用本來如此。只要先了解字、詞的本義，再進一步精密地區分字詞的用法就不是什麼困難的事了。

相關詩文

屈原〈漁父〉：「新沐者必彈冠，新浴者必振衣。」

李白〈雜曲歌辭．沐浴子〉：「沐芳莫彈冠，浴蘭莫振衣。處世忌太潔，至人貴藏輝。滄浪有釣叟，吾與爾同歸。」

《毛詩．小雅．十月之交》：「燁燁震電，不寧不令。百川沸騰，山冢崒崩。高岸爲谷，深谷爲陵。」

16

驅敺趨毆

——風驅電掃，趨吉避凶，不要反目互毆

驅，音ㄑㄩ，《說文解字》說：「驅，驅馬也。從馬，區聲。敺，古文驅。」意思是：趕馬。它是個形聲字，右旁是聲符「區」。敺是它的異體字，二字音義完全相同。

趨，音ㄑㄩ，《說文解字》說：「走也。從走、芻聲。」意思是：快跑。它是個形聲字，右旁是個聲符「芻」。古代「走」的意思相當於今天的「跑」，閩南語、客家話、廣東話都還保留了這樣的語義。例如閩南語說「緊走喔」，就是「趕快跑吧」，這是壞蛋看到警察時最常說的第一句話。

「驅」本來的意思是趕著馬，所以「騎著馬快跑」也叫做驅，例

驅：趕馬、騎著馬快跑，引伸為「驅趕」，或「指揮軍隊」。
趨：快跑，引伸為「趨向」。

如：並駕齊驅、長驅直入、載馳載驅等。引伸為「驅趕」，例如：作法驅鬼、驅逐韃虜。「指揮軍隊」也叫驅，例如唐朝名詩人劉長卿寫過一首詩〈送李中丞歸漢陽〉：「流落征南將，曾驅十萬師。罷歸無舊業，老去戀明時。獨立三邊靜，輕生一劍知。茫茫江漢上，日暮欲何之。」意思是：「流落的征南大將軍，他可是曾經指揮過十萬大軍的人喲。罷官回來已無舊業，年華老去總是懷念從前的清明時候。他一個人就可以使得邊境安寧，這種報效國家的心志，只有身上的寶劍知道。現在罷官了，在茫茫的江漢水邊，年紀像日暮時分的他，要往那兒去呢？」整首詩蒼涼雄闊，非常感人。

「趨」的意思是「跑」，引伸為「趨向」，例如：趨吉避凶，意思是：躲開凶惡的，趨向吉祥的。趨炎赴勢，意思是：一個勁兒地向著有錢有勢的人靠攏。亦步亦趨，意思是：完全模仿別人，一點也不敢改變。有名的樂府詩〈陌上桑〉，寫一個美少女，名叫羅敷，因為長得太漂亮了，所以讓太守都著迷，想認識她，羅敷就告訴太守：「使君自有婦，羅敷自有夫。」意思是：「太守啊！你已經有老婆了，我羅敷也有老公啦！」最後羅敷把老公介紹了一下：「東方千餘騎，夫婿居上頭。……為人潔白皙，鬑鬑頗有鬚，盈盈公府步，冉冉府中趨，坐中數千人，皆言夫婿殊。」意思是：「我老公是千餘騎的頭頭，人長得白淨而有點鬍鬚。他在公府中盈盈行走，在太守府中小趨，大家都說他非常特出。」多可愛的小姑娘——羅敷，放到今天，也不輸獨立而自信的現代女性！

毆是和驅音義完全相同的字，二者實為一字。《孟子．離婁上》說：「為淵毆魚者，獺也；為叢毆爵者，鸇也；為湯武毆民者，桀與紂也。」意思是：「把魚兒趕到水裡的是獺；把鳥兒趕到叢林裡的是鸇；把人民趕到湯武那兒的人是桀與紂。」有人把毆誤讀為毆，那是錯的，毆的意思是鬥毆，獺不會和魚鬥毆。

某一年，中元節剛過不久，在電視上看到新聞字幕打出：「中元普渡，驅吉避凶。」讓我驚嚇得舌頭高舉，放不下來。驅吉避凶，把吉祥驅趕走了，那還普渡什麼呢？

毆是驅的異體字，二字音義相同。

相關詩文

劉長卿〈送李中丞歸漢陽〉：「流落征南將，曾驅十萬師。罷歸無舊業，老去戀明時。獨立三邊靜，輕生一劍知。茫茫漢江上，日暮欲何之。」

樂府詩〈陌上桑〉：「東方千餘騎，夫婿居上頭。……為人潔白皙，鬑鬑頗有鬚，盈盈公府步，冉冉府中趨，坐中數千人，皆言夫婿殊。」

17 優悠幽

——買張悠遊卡，悠哉悠哉地來到清幽的陽明山，優遊於山野泉林之下

優，音ㄧㄡ，《說文解字》說：「優，饒也。從人、憂聲。」它的本義是充沛、豐饒、上等、優越等意思，如：品學兼優、優美、優待。

悠，音ㄧㄡ，依《說文解字》，它的本義是「憂」，但是文獻中多半都當「長」用，如：悠久、悠邈、悠遠、悠哉悠哉。又引伸為從容、閒適。如：悠然自得。

幽，音ㄧㄡ，《說文解字》說：「幽，隱也。從山𢆶（音幽）。」𢆶是兩根小絲線，放在山中，根本無法看到，所以「幽」的意思是「幽隱」，如：空谷幽蘭、尋幽訪勝、幽閉、幽冥。幽隱就是清靜，如：幽靜、幽情。

優：本義是充沛、上等、優越等意思。
悠：本義是「憂」，但當「長」用，又引伸為從容、閒適。
幽：是兩根小絲線，放在山中，無法看到，所以意思是幽隱、清靜。

這三個字本來是很好分別的：優是豐饒；悠是悠長、閒適；幽是幽靜。如：

杜甫詩〈石櫃閣〉說：「優游謝康樂，放浪陶彭澤。吾衰未自安，謝爾性所適。」意思是：謝靈運優閒自得，陶潛瀟灑豪放，我年齡大了，身體衰弱了，只能隨著個性去做罷了。

《詩經．王風．黍離》：「彼黍離離，彼稷之苗。行邁靡靡，中心搖搖。知我者，謂我心憂；不知我者，謂我何求。悠悠蒼天，此何人哉！」意思是：黍子長得很茂盛，稷子卻剛長出苗。我慢慢地走在路上，心中飄忽不定。了解我的人知道我心中在憂煩，不了解我的人卻說我想貪求些什麼。悠遠的老天爺啊！那些是什麼人啊？

李賀〈蘇小小歌〉：「幽蘭露，如啼眼。無物結同心，煙花不堪翦。草如茵，松如蓋。風為裳，水為佩。油壁車，久相待。冷翠燭，勞光彩。西陵下，風吹雨。」蘇小小是南齊時有名的美女，得不到愛情而死。這首詩是說：「清幽蘭花上的露水，像蘇小小含淚的眼睛。沒有定情物可以綁住我的情人，如煙如霧的花也不能剪。綠草如席，青松如傘，風是我的衣裳，水是我的衣佩，我坐著漆彩華麗的車，一直等著我的情人。冰冷翠綠的燭光，徒然放著光彩，我在西陵地下，只有風吹著雨。」好淒美的一首詩。

「悠閒」是閒適，「優閒」則是非常閒，因此「優閒」比「悠閒」閒。

了解這三者的區別之後，「清幽」不要寫成「清悠」、「幽靜」不要寫成「悠靜」。但是，「悠閒」可以寫成「優閒」，只是二者的意義不太相同。「悠閒」是閒適的意思；「優閒」則是「非常閒」，《北齊書．王昕傳》：「一人垂拱，吾曹亦保優閒。」因此，「優閒」比「悠閒」閒。

「優遊」是自古就有的詞，意思是「非常從容閒適」。近年台北捷運局推出「悠遊卡」，「悠遊」不見於已往的典籍，但是，它是個合理的詞，意思是：從容閒適。準此，「優遊」比「悠遊」從容閒適。

相關詩文

杜甫詩〈石櫃閣〉：「優游謝康樂，放浪陶彭澤。吾衰未自安，謝爾性所適。」

《詩經．王風．黍離》：「彼黍離離，彼稷之苗。行邁靡靡，中心搖搖。知我者，謂我心憂；不知我者，謂我何求。悠悠蒼天，此何人哉！」

李賀〈蘇小小歌〉：「幽蘭露，如啼眼。無物結同心，煙花不堪翦。草如茵，松如蓋。風爲裳，水爲佩。油壁車，久相待。冷翠燭，勞光彩。西陵下，風吹雨。」

18

戰仗

——戰火三年未停歇，安危他日終須仗

戰，音ㄓㄢˋ，《說文解字》說：「戰，鬥也。從戈、單聲。」它的本義是戰鬥，拿著兵器去攻打人。

「戰」是一個歷史悠久的常用字，人類從野蠻時代就有戰爭，為了爭奪食物、爭奪一切有用的資源，或沒有用的面子，人類都會因此發生戰爭，犧牲很多人。

王翰〈涼州詞〉說：「葡萄美酒夜光杯，欲飲琵琶馬上催。醉臥沙場君莫笑，古來征戰幾人回。」意思是：「葡萄美酒裝在夜光杯中，我正要喝呢，馬上的琵琶聲彷彿催著我要開拔作戰了。我如果喝醉了倒在戰場上，你不要譏笑我吧，自古以來有幾個人出征作戰能回來的呢？」

戰：本義是戰鬥，拿著兵器去攻打人。
仗：原指帶著刀，保護朝廷的侍衛，或兵器；後來兩批帶著兵器的人對打，就叫「打仗」。又引伸有依賴的意思。

這首千古名詩，寫盡了戰爭的無奈與悲慘。

「背水一戰」表示豁出去了，拚死一搏。

「方城之戰」則是桌上運動，是一種老人家保持腦袋清醒，不會癡呆的健康遊戲。

「非戰之罪」是每一個失敗者最好的推諉之詞，因為它隱藏的另一句是「天亡我也」，表示不是自己不爭氣。

仗，音ㄓㄤˋ，《說文解字》沒有這個字，可見得它是比較晚產生的字。唐朝時，宮殿上保護皇帝的侍衛叫仗，朝廷開會時，有儀仗四十六人，帶著刀列於東西廊下，這叫內仗。皇帝出去時，則有細仗、黃麾仗。據此，我們知道：「仗」就是帶著刀，保護朝廷的侍衛。宋朝的字典《集韻》因此說：「仗，兵器。」一群準備搶劫的土匪點著光亮的火把，拿著兵器，就叫「明火執仗」。

這麼看來，「仗」和「戰」本來是毫無關係的，為什麼近代人會把這兩個字糾纏不清呢？

「仗」是一批帶著刀劍的儀仗，所以一批帶著刀劍的人排開來就叫「陣仗」；軍隊用的刀劍就叫「軍仗」；宋代福建與江南的鄉軍中使用槍的叫「槍仗手」。漸漸地，兩批帶著刀劍、兵器的人相對開打，就叫「打仗」；打贏了就叫「打勝仗」，輸了就叫「打敗仗」。不過，「仗」

二者區別：「戰」原是動詞，指戰鬥；「仗」原是名詞，指陣仗。「戰」不當受詞，不能說「打戰」；「仗」不作動詞，不可說「仗鬥」。

怎麼看都有點土匪味。

明白這些之後，我們知道：「戰」原來是動詞，指戰鬥；「仗」原來是名詞，指陣仗。在跟戰鬥有關的詞彙中，「戰」不能作受詞用，所以我們不能說「打戰」；「仗」不能作動詞用，所以我們不會說「仗鬥」。至於「作戰」，它是個不及物動詞，如：並肩作戰。

仗是侍衛拿著兵器，所以拿著兵器也叫「仗」，拿著一切可以施展的東西都可以叫「仗」，唐朝呂巖的〈警世〉詩說：「二八佳人體似酥，腰間仗劍斬凡夫。雖然不見人頭落，暗裡教君骨髓枯。」警告酒色財氣之徒，發人深省。

再引伸，「仗」有依賴的意思。陳炯明叛變，國父受困永豐艦，蔣公聞訊立即趕去，國父很高興地對蔣公說：「安危他日終須仗，甘苦來時要共嘗。」倚重之情，溢於言表。

相關詩文

王翰〈涼州詞〉：「葡萄美酒夜光杯，欲飲琵琶馬上催。醉臥沙場君莫笑，古來征戰幾人回。」

唐朝呂巖的〈警世〉：「二八佳人體似酥，腰間仗劍斬凡夫。雖然不見人頭落，暗裡教君骨髓枯。」

國父孫中山：「安危他日終須仗，甘苦來時要共嘗。」

19

泄洩瀉

——泄泄沓沓，洩漏天機，一瀉千里

排泄、洩洪、瀉肚子，這三個詞中的「泄、洩、瀉」有什麼不同嗎？很多人，包括我自己，常常都會弄錯呢！

這三個字中，《說文解字》只有「泄」：「泄，泄水，受九江博安洵波，北入氐。從水、世聲。」原來它是條河水的名字，而且它的本音要讀ㄧˋ，如「泄泄沓沓」是「懈怠渙散的樣子」。

到《廣韻》「泄」開始有ㄒㄧㄝˋ的讀音，這個讀音的意義和「洩」字大部分都可以通用，它主要的意思是「漏」，如：泄漏、泄氣、夢泄，以及由「漏」意引伸出來的發出、流散等意義，如：發泄、水泄不通、排泄等。

泄、洩：讀ㄒㄧㄝˋ時，大多可互通，主要意思是「漏」。
瀉：意思是「水流」。

區別：洩、泄是比較小的漏出，瀉則是比較大的水流；洩有由人動作的意味，瀉則有自動的意味。

「洩」也有兩個讀音：ㄧˋ和ㄒㄧㄝˋ，讀ㄧˋ時如「洩洩」通「泄泄」，但是又可以解為舒散、和樂。讀ㄒㄧㄝˋ時幾乎和「泄」全同，上舉的排泄、泄漏、發泄、泄氣、水泄不通等詞中的「泄」全部可以換成「洩」。

「瀉」可以讀ㄒㄧㄝˇ或ㄒㄧㄝˋ，意思是「水流」，如：奔瀉、大雨如瀉、直瀉而下、沖瀉。這個意義和「泄」、「洩」比較容易區別。但是如：上吐下瀉、腹瀉等詞，似乎和「排泄（洩）」不太好區分。其實我們可以這麼考慮：瀉是比較大的水流，泄、洩則是比較小的漏出，所以我們會說「一瀉千里」，而不說「一泄千里」，因為它的水流量是很大的；我們說「洩（泄）漏機密」，而不說「瀉漏機密」，因為機密不可能讓我們大量流出。

另外，「洩」有由人動作的意味，「瀉」則有自動的意味。所以我們說「洩洪」，而不說「瀉洪」；我們說「洩憤」，而不說「瀉憤」。同樣的，我們應該說「洩底」，而不應該說「瀉底」。教育部《重編國語辭典》（修訂本）有「瀉底」一條，引《續孽海花》第四十八回說：「我是信你的，所以瀉底兒。（你）千萬不要漏洩。」「瀉底」可能是有「大量洩漏」的意思吧！否則跟現在的習慣不太相符。

韓愈詩〈貞女峽〉：「江盤峽束春湍豪，風雷戰鬥魚龍逃。懸流轟轟射水府，一瀉百里翻雲濤。」一瀉百里，氣勢多麼雄闊！

杜甫詩〈北征〉：「老夫情懷惡，嘔泄臥數日。那無囊中帛，救汝寒凜慄。」一嘔泄就好幾天，夠可憐了吧！

杜甫詩〈臘日〉：「臘日常年暖尚遙，今年臘日凍全消。侵陵雪色還萱草，漏洩春光有柳條。」漏洩春光，那是很浪漫而神祕的喲，只能慢慢地、一點一點地漏洩。如果一下子都攤開來，那不知道還有什麼味道？

大體依照上述的原則，這三個字應該就不會弄不清楚了。當然，古人也有混用的時候，只是我們應該以盡量區分清楚為宜。

相關詩文

韓愈詩〈貞女峽〉：「江盤峽束春湍豪，風雷戰鬥魚龍逃。懸流轟轟射水府，一瀉百里翻雲濤。」

杜甫詩〈北征〉：「老夫情懷惡，嘔泄臥數日。那無囊中帛，救汝寒凜慄。」

杜甫詩〈臘日〉：「臘日常年暖尚遙，今年臘日凍全消。侵陵雪色還萱草，漏洩春光有柳條。」

20

篷棚蓬

——駕敞篷車，駛過牛棚，疾如飛蓬

篷，音ㄆㄥˊ，這個字產生得比較晚，《說文解字》沒有，據《廣韻》，它是指用竹篾編織，夾著竹箬，用來覆蓋小舟的建物，後來覆車子的同類物件也可以叫做篷。篷船、風篷、布篷、敞篷車、見風轉篷都要用「篷」字。

棚，音ㄆㄥˊ，《說文解字》說：「棚，棧也。從木朋聲。」意思是：用竹子或木頭搭起來的屋形的簡單建築，頂上不用瓦覆蓋。牛棚、瓜棚、千里搭長棚——沒有個不散的筵席、草棚都要用「棚」字。

蓬，音ㄆㄥˊ，《說文解字》說：「蓬，蒿也。從艸逢聲。」意思是：一種蒿草。蓬門、蓬蓽生輝、蓬鬆、蓬萊仙島、蓬首垢面都要用篷：用竹篾編織，夾著竹箬，用來覆蓋小舟，後來覆車子的也稱篷。
棚：用竹子或木頭搭成的簡單建築，頂上不覆蓋瓦。
蓬：一種蒿草。

「篷」字。

「棚」和「篷」本來是不同的東西，用較粗的竹木搭蓋的叫「棚」，用較薄的「竹篾」編織的叫「篷」。因為它們同音，意思也相近，後來就漸漸混同了。尤其是某些建築物，本來可能比較粗大而用棚字，後來變得比較細緻，但是詞彙卻沿用前代，不予改動，如攝影棚等。

元稹〈雨聲〉：「風吹竹葉休還動，雨點荷心暗復明。曾向西江船上宿，慣聞寒夜滴篷聲。」意思是：「風吹竹葉停了又動，雨打荷心暗了又明。我曾經在西江船上住過，聽慣了寒夜的雨水打在船篷上的聲音。」寫飄泊的生活，相當蒼涼。

船篷是船上的東西，因此可以借代船，宋僧志南〈絕句〉：「古木蔭中繫短篷，杖藜扶我過橋東，沾衣欲濕杏花雨，吹面不寒楊柳風。」意思是：「在古木的樹蔭中把小船繫好，扶著拐杖走過橋東。杏花細雨沾衣欲濕，楊柳微風吹面不寒。」描寫春景的柔美婉約，令人陶醉。

張籍〈蠻中醉〉詩：「瘴水蠻中入洞流，人家多住竹棚頭。青山海上無城郭，唯見松牌記象州。」（一作杜牧詩）意思是：「蠻地的瘴水流到洞中，當地人多半住在竹棚裡。青山高高地像在海上，沒有城郭，只見松木牌子上寫著『象州』（地在今廣西）。」寫少數民族的居住，非常寫實。這種「棚」字的用法，非常標準。

崔湜〈邊愁〉前半寫道：「九月蓬根斷，三邊草葉腓。風塵馬變色，霜雪劍生衣。」意思是：「九月天冷風大，蓬草的根都被吹斷了，三邊的草葉都枯黃了，風塵撲來馬都變了顏色，霜雪降下劍也生了鏽。」邊塞荒涼，如在眼前，「蓬」字正是「蓬蒿」的意思。

這三個字看來區別分明，但偶爾仍會用錯。我們也許可以用材質或建築方式來分別它們：凡是用較大根的竹、木搭蓋的就用「棚」（不管有沒有屋頂），用細緻的竹篾、帆布等搭蓋的就用「篷」（一般而言一定有屋頂）。因此我們不能把敞篷車寫成敞棚車，因為那會讓百萬名車看起來像運豬車；我們也不能把瓜棚寫成瓜篷，因為那樣好像比較缺少陽光、空氣，瓜可能不容易長得好。當然，我們更不能把露營的帳篷寫成帳蓬，因為那會讓晚上的習習涼風輕輕一吹就無影無蹤了。

區別：較大根的竹、木搭蓋的用「棚」(不管有沒有屋頂)；細緻竹篾、帆布搭蓋的用「篷」(幾乎都有屋頂)。

相關詩文

元稹〈雨聲〉：「風吹竹葉休還動，雨點荷心暗復明。曾向西江船上宿，慣聞寒夜滴篷聲。」

張籍〈蠻中醉〉詩：「瘴水蠻中入洞流，人家多住竹棚頭。青山海上無城郭，唯見松牌記象州。」

崔湜〈邊愁〉：「九月蓬根斷，三邊草葉腓。風塵馬變色，霜雪劍生衣。」

21 相象像——法師騎著寶象，法相莊嚴，像是佛陀再生

象：象形字，像一隻大象的樣子。可假借為形狀、樣子、狀態、相似、效法等意思。
像：形貌、相似的意思，是「象」的後起字，繼承了「象」這部分的意思。
相：讀ㄒㄧㄤˋ時指用眼睛看，或眼睛看到的形像。另有「幫助」的意思。

相，音ㄒㄧㄤ，《說文解字》說：「相，省（音ㄒㄧㄥˇ）視也。從目木。《易》曰：『地可觀者，莫可觀於木。』」它是個會意字，意思是看，而且是遠看、宏觀地看。李白的詞說：「平林漠漠煙如織。」在沒有高樓大廈的古代，地面上遠遠望過去，不就是一片樹木麼！

「相」另外還可以讀成ㄒㄧㄤˋ，因為這個讀音的詞條不會跟別的詞弄錯，所以本文不討論。

象，音ㄒㄧㄤˋ，它是個象形字，像一隻大象的樣子。據《重編國語辭典》，它另外還可以假借為形狀、樣子、狀態、相似、效法等意思。

像，音ㄒㄧㄤˋ，是形貌、相似的意思。從現有可靠的文字材料來看，

「相」、「象」、「像」古人常混用，但今天，天象、氣象、吃相、睡相等已成固定寫法。

「像」是一個比較晚起的字，西漢時期才見到這個字，它應該是「象」的後起字，繼承了「象」字的形貌、相似的意思。例如：形象、圖象、想象、遺象、佛象等詞的「象」都可以寫成「像」（《重編國語辭典》雖然不收「想象」、「遺象」、「佛象」，但文獻中多見）。

「相」主要是用眼睛看，所以凡是用眼睛看的都要寫「相」，例如：看相、相親等。由這個意思出發，眼睛看到的形像也可以叫「相」，如：林相、吃相、睡相、扮相、破相等。這種用法的「相」和「象」、「像」沒有太大的不同。

很難區分吧！簡單的說：在形狀、像貌等意義方面，「相」、「象」、「像」三個詞事實上是沒有很嚴格的區別的。古人常常混用不分，於理並無不可。但時代越晚，大家的書寫習慣越固定，所以天象、氣象不能寫像、相；吃相、睡相不能寫象、像。說穿了，也不過是種習慣而已。

「相」有「幫助」的意思，如：宰相、相夫教子。「吉人自有天相」是說善良的人自有上天的幫助。這裡的「相」是「幫助」的意思，不能解做「相貌」，因此絕不能寫成「象」或「像」。

白居易〈感芍藥花寄正一上人〉：「今日階前紅芍藥，幾花欲老幾花新。開時不解比色相，落後始知如幻身。」意思是：「今日階前的紅芍藥花，有幾枝已經要老了，有幾枝才正要開。正在開花的時候不知道和別的花兒比外表色相，花落以後才知道一切外在的身形都是虛幻的。」許多人在高位時盛氣凌人，和人比色相，等到失勢時才知道「天也空，地也空，人生茫茫在其中」啊！

杜甫赫赫有名的詩篇〈秋興〉之八：「昆吾御宿自逶迤，紫閣峰陰入渼陂。香稻啄餘鸚鵡粒，碧梧棲老鳳皇枝。佳人拾翠春相問，仙侶同舟晚更移。綵筆昔曾干氣象，白頭吟望苦低垂。」最後兩句的意思是：「從前我的彩筆寫出來的句子也曾經干動山河氣象，如今老了只能低頭苦吟！」多麼令人傷感啊！

相關詩文

白居易〈感芍藥花寄正一上人〉：「今日階前紅芍藥，幾花欲老幾花新。開時不解比色相，落後始知如幻身。」

杜甫〈秋興〉之八：「昆吾御宿自逶迤，紫閣峰陰入渼陂。香稻啄餘鸚鵡粒，碧梧棲老鳳皇枝。佳人拾翠春相問，仙侶同舟晚更移。綵筆昔曾干氣象，白頭吟望苦低垂。」

22

竦聳

——驚竦的劇情，讓觀眾寒毛聳立

這幾年鬼片流行，驚竦的劇情，往往讓觀眾寒毛聳立；其中「三更」異軍突起，讓華語片在寒冷的冬天燃起了一陣熱潮。報紙、媒體常出現「驚竦」這樣的詞彙，有的卻又寫成「驚聳」，怎麼寫才對呢？

竦，音ㄙㄨㄥˇ，《說文解字》說：「竦：敬也。從立，從束。」天哪！「竦」的意思居然不是「恐怖」，而是恭敬！不錯，段玉裁注明白地指出，「竦」解釋成「懼」，其實是「愯（音同竦）」的假借字——《說文解字》：「愯，懼也。」

聳，音ㄙㄨㄥˇ，《說文解字》說：「聳：生而聾曰聳。從耳、從省聲。」天哪！「聳」的意思既不是「高聳」、也不是「驚聳」！它居然

「聳」和「竦」在「懼」、「崇」的意義上，原來都是假借。

詞義的運用有時代性，同一時代的人大多有固定用法。

是耳聾！

不錯，「聳」的本義是「耳聾」。它解為「高」，原來是「崇」的假借。它還可以解釋為「懼」，也是假借「愯」。這麼看來，「聳」和「竦」在「懼」這個意義上，原來是一家人，而且都是做無本生意，跟別人借來的。

反過來說，「竦」字也可以解釋成「高聳」，它也是「崇」的假借。在這層意義上，「聳」和「竦」原來也是一家人，而且也都是做無本生意，跟別人借來的。原來「驚竦」可以寫成「驚聳」，「高聳」也可以寫成「高竦」。

不過，詞義的運用往往有時代性，同一個時代的人習慣怎麼用是一定的，大家自動會統一口徑。「聳」字在中古以來多半用在「高立」這個意義上，唐朝有一種用一字至七字疊加的詩，非常有趣，其中有一首用到「聳」的如下：

令狐楚〈賦山〉（白居易分司東洛，朝賢悉會興化亭送別，酒酣，各請一字至七字詩，以題為韻）：

二者的區別：「高立」的意義多用「聳」字，「驚恐」的意義多用「竦」字。

山
聳峻，回環
滄海上，白雲間
商老深尋，謝公遠攀
古巖泉滴滴，幽谷鳥關關
樹島西連隴塞，猿聲南徹荊蠻
世人只向簪裾老，芳草空餘麋鹿閒

意思是：「山，高聳而回環。白雲環繞著山頭，彷彿在滄海之上。秦末四位有名的隱士會向此山深處追尋，東晉喜愛登山的謝靈運也會老遠跑來這兒攀爬。古老的巖石上山泉滴滴，深幽的山谷中鳥鳴嚶嚶。山的範圍很大，樹島向西連接甘肅邊塞，猿聲向南傳到湖南。可惜世人都只肯追求權勢，寧可在官場中老去，徒然留下芳草讓麋鹿悠閒地聚集著。」

如果是「驚恐」這個意義，我們儘量用「竦」字，如《精忠岳傳》第六十五回：「忽然一陣陰風，將燈球火把，盡皆吹滅，眾軍士毛骨竦然。」

雖然統一口徑了，但是，下次我們看到有人用「驚聳」、「高竦」，我們不要說他亂用喲！相反地，我們要說他「用得很有古意」！

23 夥伙火

——在這一夥人中，這兩個小伙子是最要好的火伴

夥：山東齊國一帶的人把「多」說成「夥」。
伙：晚創造的字，是「火」部分意義的後起字。

夥，音ㄏㄨㄛˇ，《說文解字》說：「夥，齊謂多也。從多，果聲。」意思是：山東齊國一帶的人把「多」說成「夥」。它是個形聲字，聲符是「果」。

伙，音ㄏㄨㄛˇ，這是一個很晚才創造的字，《說文解字》時還沒有，它應該是「火」的部分意義的後起字。

「火」的一般音義大家都很熟，比較讓人困惑的是「火伴」這個詞，我們也常看到寫成「伙伴」、「夥伴」，到底怎麼寫才正確？

南北朝時有一首很有名的樂府詩叫〈木蘭詩〉，寫一位奇女子女扮男裝，代父出征，十二年後凱旋歸來，詩的最後說：「當窗理雲鬢，對

古代兵制，十人共一灶，同火作飯而食，這一堆人就叫同火，彼此互稱為火伴。

鏡貼花黃，出門看火伴，火伴皆驚惶，同行十二年，不知木蘭是女郎。」看來，這個詞的最早而最正確的寫法應該是「火伴」而不是「夥伴」喲！為什麼呢？

原來古代的兵制，十人共一灶，同火作飯而食，因此這一堆人就叫同火，彼此互稱為火伴。戰國時代，齊魏馬陵之戰，孫臏用「滅灶添兵」之法騙過龐涓，因而獲得大勝，就是因為一個灶可以代表十個士兵，龐涓每次打完仗就數齊國的灶，越數越少，他就認為齊國的士兵越來越少，沒想到這是孫臏在騙他啊！

作飯要開火，現在寫成「伙食」這個詞，古代也寫「火食」！見《北齊書》。現在寫成「合夥」、也有人寫「合伙」的這個詞，在《儒林外史》中寫作「合火」喲！可見這一類的意義都是由「開火吃飯」引伸出來的。

我們現在用得很氾濫的「夥」字，最早其實只有「多」的意思，沒有「同伴」的意思。但是，東西多叫夥，人多也叫夥，由人多的意思慢慢變成一群人，「夥」就有了單位詞的用法，「這一夥人」、「大夥兒」，這樣的詞就越來越多見了，其實說起來是不太好的，這種意義本來都應該用「火」或「伙」。《舊唐書》有「一火草賊」，足以為證。

在指同伴、伙食義的時候，「火」和「伙」幾乎是完全相同。至於同伴、伙食義的時候，「火」和「伙」幾乎相同。「夥」只能替代同伴，不能替代伙食。

「夥」字，只能替代同伴，不能替代伙食，所以火伴、伙伴可以寫成夥伴，但是火夫、伙夫絕對不能寫成夥夫。家火、家伙、傢伙也沒有寫成家夥的。傢伙本來指器物，後來擴大也指人，如好傢伙、小傢伙。

夥替代伙後，有些詞用最古最正確的寫法，後世反而覺得怪怪的，如「一夥人」如果寫成「一火人」、「一伙人」，可能很多人要說是寫錯了呢！

唐朝元稹寫過一篇〈估客樂〉，諷刺某些奸商，寫得很有意思：「估客無住著，有利身即行。出門求火伴，入戶辭父兄。父兄相教示，求利莫求名。求名有所避，求利無不營。火伴相勒縛，賣假莫賣誠。交關但交假，交假本生輕。」大意是說奸商只要有利潤就行動，父兄教他要求利不要求名，火伴教他做生意要賣假不要賣真。一副奸商騙人的面貌宛在目前！

相關詩文

〈木蘭詩〉：「當窗理雲鬢，對鏡貼花黃，出門看火伴，火伴皆驚惶，同行十二年，不知木蘭是女郎。」

元稹〈估客樂〉：「估客無住著，有利身即行。出門求火伴，入戶辭父兄。父兄相教示，求利莫求名。求名有所避，求利無不營。火伴相勒縛，賣假莫賣誠。交關但交假，交假本生輕。」

24

滋茲資

——雜草滋生，小王獨力清除。茲記小功一次，以資鼓勵

滋，音ㄗ，《說文解字》說：「滋，益也。從水，茲聲。」意思是：增加。它是個形聲字，右旁是聲符「茲」。滋長、滋生、滋潤、滋補、樹德務滋、日滋月益等詞都是這個意思。另外還用在「滋味」這個詞，辛棄疾寫的〈醜奴兒〉中說：「少年不識愁滋味，愛上層樓，愛上層樓，為賦新詞強說愁。」另外，它有一個比較罕用的意義：更。如《孟子．公孫丑上》說：「若是，弟子之惑滋甚。」意思是：「這樣的話，學生我的迷惑就更重了。」

茲，音ㄗ，《說文解字》中的本義是「黑」，但是文獻中多半假借為指稱詞「這」，如張華〈情詩〉「佳人不在茲」，就是「佳人不在這

滋：增加、滋味、更。
茲：本義是「黑」，後假借為指稱詞「這」，現在、目前。
資：貨財。特殊的用法是「幫助、用來」。

兒」。「茲」的這種用法如果指時間，就是現在、目前，詩仙李白寫的〈送友人〉說：「揮手自茲去，蕭蕭班馬鳴。」意思是：揮揮手，從此離別了！「現在」是「今茲」，「未來」就是「來茲」，「以勵來茲」意思是：「用來鼓勵將來的人多多效法」。

資，音ㄗ，《說文解字》：「資，貨也。從貝、次聲。」意思是：貨財。它也是個形聲字，聲符是「次」。資本、資產、天資、年資等，都是這一類的意思。「資」的另外一個比較特殊的用法是「幫助、用來」，北宋大文豪、大史學家、大政治家司馬光主編的《資治通鑑》，書名的意思是：給皇帝看，幫助他治理國家的一本使人鑑戒的編年史。「以資鼓勵」意思是：用來作為鼓勵。

唐代大詩人元稹寫過一首想念朋友的詩〈初寒夜寄盧子蒙〉：「月是陰秋鏡，寒為寂寞資。輕寒酒醒後，斜月枕前時。倚壁思閒事，回燈檢舊詩。聞君亦同病，終夜遠相悲。」意思是：「月是陰秋的鏡子，寒氣總是帶來寂寞。在這初寒酒醒後的日子，枕前有斜月的夜晚，我靠著牆壁想著一些閒事，重新點起燈火看看舊時寫的詩，聽說你也一樣生病，整個晚上我都悲傷地想著你。」朋友之情濃摯！頭兩句寫得真美！

古詩十九首：「生年不滿百，常懷千歲憂，日短苦夜長，何不秉燭遊？為樂當及時，何能待來茲？愚者愛惜費，但為後世嗤。仙人王子喬，難可與等期。」意思是：「人的一生不滿一百年，卻常常懷著千年的憂愁，這不是杞人憂天嗎？我們總是苦於白天太短、晚上太長，那麼為什麼不拿著蠟燭去夜遊呢？行樂要把握時間，怎能等到將來呢？愚笨的守財奴捨不得花錢，只是被後人譏笑罷了！仙人王子喬，據說本來是周靈王的太子，後來被浮丘公接上嵩高山，做了神仙；我們這些凡胎俗骨，怎麼能奢望跟他一樣長壽呢？」

這是古代一首非常有名的享樂主義名著，不過讀讀就好，發抒一下悶氣，可別真的照著去「秉燭夜遊」喔！據說現在有很多「月光族」，就是「每個月把錢花光的族群」，整天想的是「錢多事少離家近，睡覺睡到自然醒，數錢數到手抽筋」，結果夢做多了，錢不夠用，就把借錢當作一種「高尚的行為」，等到債務「滋生」，要還錢？只能「待來茲」了！告訴你們這個例子，以「資」警惕唄！

相關詩文

古詩十九首：「生年不滿百，常懷千歲憂，日短苦夜長，何不秉燭遊？爲樂當及時，何能待來茲？愚者愛惜費，但爲後世嗤。仙人王子喬，難可與等期。」

元稹〈初寒夜寄盧子蒙〉：「月是陰秋鏡，寒爲寂寞資。輕寒酒醒後，斜月枕前時。倚壁思閒事，回燈檢舊詩。聞君亦同病，終夜遠相悲。」

25 翱遨

——翱翔天際，遨遊太空

翱：在天上飛翔。
遨：出遊。

翱，音ㄠˊ，《說文解字》說：「翱，翱翔也。從羽，皋聲。」意思是：飛翔。它是個形聲字，左旁是聲符「皋」。因為它右旁的形符是個「羽」，所以它要表達的是用羽翅在天上飛翔。不是在天上，或類似天上飛，不能用「翱」字。不過，這個字已往常常被人錯寫成「翺」，即使是現在電腦中的細明體也還是這麼錯的。

遨，音ㄠˊ，《說文解字》沒有這個字，因為它是個比較晚產生的字，左旁是個「辵」部，右旁是聲符「敖」。其實「遨」字古代就只寫「敖」，《說文解字》說：「敖，出游也。」出游，我們現在寫「出遊」。「敖」字的右旁是個形符「攴」，左旁是個聲符「考」，其實這個三個詞彙：「翱翔」、「遨遊」、「遨頭」（古代四川人對太守的俗稱）。

聲符就是「遨」最早的本字，在商周銅器中寫成「」，像一個人頭上頂著草，可能就是表現一個人到郊外去遊玩呢！

由翱和遨組成的詞其實很少，教育部《重編國語辭典》只收了「翱翔」、「遨遊」、「遨頭」三個詞。前兩個大家都懂，「遨頭」則是古代四川人對太守的俗稱。

全唐詩中收了兩首〈宛轉歌〉，其第一首是：

「風已清，月朗琴復鳴。掩抑非千態，殷勤是一聲。歌宛轉，宛轉和且長。願為雙鴻鵠，比翼共翱翔。」

最後兩句是寫一對情人，希望能像天上的一對鴻鵠鳥一樣，一同在天上比翼翱翔，雙飛雙宿，深情濃意，非常感人。

唐代大詩人白居易有一首〈詠意〉詩，頭四句是：

「常聞南華經，巧勞智憂愁。不如無能者，飽食但遨遊。」

《莊子》一書常常稱讚那些看起來沒有什麼知識的人，但是順性而生活，過得悠游自在，無憂無慮。《莊子．列禦寇篇》說：「巧者勞而知（智）者憂，無能者無所求，飽食而敖（遨）遊。」白居易的這首詩便是從《莊子》轉化出來的。

蘇東坡有一首〈洗兒詩〉也有類似的感慨：「人皆養子望聰明，我被聰明誤一生。惟願生兒愚且魯，無災無難到公卿。」東坡先生感歎自己因為太聰明，被人嫉妒而惹禍，因而希望這個小兒子「既愚且魯」，但是末句又說這樣的人才能「無災無難到公卿」，這不是又指著公卿罵他們「既愚且魯」嗎！看來東坡先生實在是太聰明了，而又不肯藏拙來避禍，難怪會「我被聰明誤一生」。

古代唐朝有位大文豪叫做李翱，現代臺灣也有位大文豪叫李敖。唐朝的李翱已經翱翔天外了，現代的李敖仍然笑傲江湖。由於兩位大文豪都很有名，所以中學老師在考「國學常識」的時候，要學生填唐代大文豪李翱的題目，常常會有學生寫成「李敖」，結果痛失分數，考試也會被拉下馬來。看來，翱遨不分的後果還會延伸到國學常識呢！

相關詩文

〈宛轉歌〉：「風已清，月朗琴復鳴。掩抑非千態，殷勤是一聲。歌宛轉，宛轉和且長。願爲雙鴻鵠，比翼共翱翔。」

白居易〈詠意〉：「常聞南華經，巧勞智憂愁。不如無能者，飽食但遨遊。」

《莊子．列禦寇篇》：「巧者勞而知（智）者憂，無能者無所求，飽食而敖（遨）遊。」

26 託托

——請託不成，沿門托缽

託：表示以言語託付。
托：用手掌附著或承著。

託，音ㄊㄨㄛ，《說文解字》：「託，寄也。」意思是：把某些人事物交付給別人。它是個形聲字，左旁是個言，表示以言語託付；右旁是聲符。

《論語・泰伯篇》：「曾子曰：『可以託六尺之孤，可以寄百里之命，臨大節而不可奪也。君子人與？君子人也。』」意思是：「可以把六尺高（約一三八公分）的孤兒交付給他，可以把方圓百里的國家的命運交付給他。」看來，託的確和寄音義相近。

托，音ㄊㄨㄛ，不見《說文解字》，學者多以為本作「拓」：「拓」：「拾也。從手，石聲。摭，拓或從庶。」因為「托」的右旁聲符和「拓」的二者的區別似乎是：以言語託付用「託」，以非言語託付則可以用「托」。

右旁聲符古音很接近，所以後世把「拓」的部分用法寫成「托」。不過，這種意義的「拓」要讀成ㄓˊ，它和讀成ㄊㄜ的「托」字是否有絕對的關係，目前似乎還不太肯定。

「托」字常見的用法是「用手掌附著、或承著」，例如韓偓詩〈詠手〉：「依稀曾見托金車」，就是手依附著金車。佛教四大天王中有一位「托塔天王」，因為他的右手總是托著一個塔。

因而承著他物的東西也叫「托」。據說唐朝時，崔寧的女兒飲茶，嫌茶盞燙手，於是在碟子面上配合茶盞底部的大小做個環，茶盞放在碟子上剛好嵌住，茶盞又可以拿得穩，又可以不燙手，崔寧看了很喜歡，就把它叫做「托」。從此以後，托著其他物品的東西就叫托，如茶托、花托等。

「託」解做「寄」，「托」解做「承」，二者很容易區分。但是「托」解做「依附」、「襯墊」時，和「寄託」義的「託」就很難區分了。加上二字形近音同，所以在某些用法上頗為混淆。例如元稹〈江陵三夢〉：「囑云唯此女，自歎總無兒。……君在或有托，出門當付誰。」大意是寫死去的妻子囑咐只有這個女兒，「你在家時她還有寄託（解為「依附」亦可），你出門要把他交給誰？」

久而久之，「寄託」義的「託」漸漸地也可以寫成「托」，例如李商隱〈錦瑟〉：「莊生曉夢迷蝴蝶，望帝春心托杜鵑。」李商隱〈思歸〉：「魚亂書何托，猿哀夢易驚。」這些「托」本來似乎都應該寫成「託」。依我的語感，這時候使用者的區分似乎是：以言語託付用「託」，以非言語託付則可以用「托」。

綜合一下：請託、拜託、囑託、信託等詞以用「託」為宜；雖然有些人也把它寫成「托」。至於其他寫成「託」的地方，大部分都可以寫成「托」，如託名／托名，託福／托福，託大／托大，推託／推托等。承托、襯托義的「托」字，則不宜寫成「託」。

至於「推託（托）」，意思是託詞推諉，找理由拒絕；「推拖」則是拖拖拉拉，不乾脆爽快。推拖是答應了，但不認真做；推託則是根本沒有答應，有時用法看起來很接近，但其實意義不太相同。

「推託（托）」、「推拖」看似相近，但意義完全不同。

相關詩文

《論語．泰伯篇》：「曾子曰：『可以託六尺之孤，可以寄百里之命，臨大節而不可奪也。君子人與？君子人也。』」

元稹〈江陵三夢〉：「囑云唯此女，自歎總無兒。……君在或有托，出門當付誰。」

李商隱〈錦瑟〉：「莊生曉夢迷蝴蝶，望帝春心托杜鵑。」〈思歸〉：「魚亂書何托，猿哀夢易驚。」

27 湧擁

——月湧大江，前呼後擁

我在中學當老師的學生焦急地問我：「老師！老師！怎麼辨？到底是『蜂擁』對，還是『蜂湧』對？為什麼教科書有的版本寫『蜂擁』，有的版本寫『蜂湧』？」自從九年一貫，一綱多本以來，這樣的場面我遇得太多了，已經訓練出「處變不驚」、「慎謀能斷」了，所以我不疾不徐地說：「蜂擁對，還是蜂湧對？我要回去查一查。至於教科書寫得不一樣，那就得問教育部了！」

湧，音ㄩㄥˇ，它其實是個後起字，本字應該寫作「涌」，《說文解字》說：「涌，滕也。從水，甬聲。」滕的意思是水波翻騰。

擁，音ㄩㄥˇ，《說文解字》寫作「擁」，和「擁」二者其實完全同湧：水波翻騰。
擁：抱，引伸為「一群人圍繞著」。

二者的區別：凡像水一樣翻騰的用「湧」，像人類圍繞或擁抱的用「擁」。
蜂擁：一群蜜蜂圍繞在一起行動。

字，熟悉文字學的人都知道，我們現在看起來完全不同的「雍」和「雝」，其實本來是完全相同的一個字，只是後人把它寫成兩種樣子而已。《說文解字》說：「擁，抱也。從手、雝聲。」它的意思是「抱」，所以我們今天仍然有「左擁右抱」這個成語，用的就是「抱」的意思。後來引伸為「一群人圍繞著」這樣的意思。

湧和擁的意思其實分別得很清楚。凡是像水一樣翻騰的都應該用「湧」，像人類圍繞或擁抱的都應該用「擁」。如：

波濤洶湧、風起雲湧、文思泉湧、暗潮湧現——以上用「湧」。

前呼後擁、坐擁書城、一擁而上、擁彗前驅——以上用「擁」。

但是，遇到既不是水、也不是人的「蜜蜂」，應該用那一個字，問題就很大了。教育部《重編國語辭典》既有蜂擁，也有蜂湧。那麼，是不是教育部《重編國語辭典》錯了呢？也不能這麼說！因為古人的典籍就是兩種用法都有。那麼，是不是兩種用法都對呢？也不能這麼說！因為在我查的資料中，用「蜂擁」的多，用「蜂湧」的少，二者的比例是五十比五，而且「蜂擁」的時代比較早。從文學意象來看，蜜蜂可以像人一樣「一群蜜蜂圍繞在一起行動」，但是不太可能像水波從水面翻騰起來。所以我們終於知道，千錯萬錯，原來是古人的錯，應該是古人寫了別字，誤作「蜂湧」，害我們現在弄不清楚。

杜甫赫赫有名的〈旅夜書懷〉詩：「細草微風岸，危檣獨夜舟。星垂平野闊，月湧大江流。名豈文章著，官因老病休。飄飄何所似，天地一沙鷗。」詩中的「星垂平野闊，月湧大江流」，千古傳誦，別具氣象。月亮隨著波浪翻騰，所以用「湧」。

據說韓愈諫迎佛骨觸怒了皇帝，被貶官潮州，於是寫了一首詩給姪兒韓湘子，〈左遷至藍關示姪孫湘〉云：「一封朝奏九重天，夕貶潮州路八千。欲為聖朝除弊事，肯將衰朽惜殘年。雲橫秦嶺家何在，雪擁藍關馬不前。知汝遠來應有意，好收吾骨瘴江邊。」詩中「雲橫秦嶺家何在，雪擁藍關馬不前」也是千古傳誦名句，雪像人一樣圍著藍關，所以用「擁」。

這樣看來，《重編國語辭典》收了一條「擁霧翻波」，如果想成「擁著雲霧，翻攪波浪」，比喻興風作浪，也是可以說得通的囉！

相關詩文

杜甫〈旅夜書懷〉：「細草微風岸，危檣獨夜舟。星垂平野闊，月湧大江流。名豈文章著，官因老病休。飄飄何所似，天地一沙鷗。」

韓愈〈左遷至藍關示姪孫湘〉：「一封朝奏九重天，夕貶潮州路八千。欲爲聖朝除弊事，肯將衰朽惜殘年。雲橫秦嶺家何在，雪擁藍關馬不前。知汝遠來應有意，好收吾骨瘴江邊。」

28 頌誦

——歌功頌德，日誦千遍

頌：當名詞是「容貌」，當動詞就是「形容」，多半用在對長上，有「讚美稱揚」的意思。
誦：指用有節奏的聲音背書。

頌和誦，現在的讀音完全相同，又都是用嘴巴發音，所以很多人會弄不清楚它們有什麼不同。

頌，音ㄙㄨㄥˋ，《說文解字》說：「頌，皃（請注意：同貌字，可不能讀成兒喲！）也。從頁、公聲。」清朝學者都認為它相當於我們今天用的「容」字。「頌」，就是「容貌」，當動詞用就是「形容」，它又多半用在對長上，所以比較具有「讚美稱揚」的意思。

誦，音ㄙㄨㄥˋ，《說文解字》說：「誦，諷也。從言、甬聲。」依照段玉裁的注解，「誦」是指用有節奏的聲音背書，就像以前有一部電影《梁山伯與祝英台》中一群學子搖頭晃腦地背《詩經》，那個情景就是二者區別：「誦」強調「誦讀」，沒有讚美稱揚的意思；「頌」則強調讚美稱揚，重點不在有節奏的誦讀。

「誦」。

「頌」，為了要美化，不要稱揚得太直接，令人覺得噁心，所以往往會用比較美的方式來進行，比如用有節奏的、排比對稱的句法等。在這一點上，「頌」和「誦」就有點像了。但是，「誦」強調「誦讀」這個動作，沒有讚美稱揚的意思；「頌」則比較強調讚美稱揚的意思，重點不在有節奏的誦讀。例如「家傳戶誦」重點在傳閱誦讀，如果寫成「家傳戶頌」，意思就是家家稱揚了。「千古傳誦」也可以寫成「千古傳頌」，但是重點不同，前者重在誦讀，後者重在稱揚。

唐朝的皮日休有一首寫酒的詩〈奉和魯望看壓新醅〉，後四句是：「酒德有神多客頌，醉鄉無貨沒人爭。五湖煙水郎山月，合向樽前問底名。」前兩句的意思是：「喝酒後的表現神奇美妙，很多人讚美；醉鄉沒有財貨，大家不會爭來爭去。」大人工作煩重，工作之餘喝一點酒，可以消除壓力，促進人際關係的和諧，所以歷來文人都喜歡讚美酒；但是喝醉了，失言失態，甚至於胡作非為，那就很不好了。

李白有一首〈白胡桃〉詩，寫得很有趣：「紅羅袖裡分明見，白玉盤中看卻無。疑是老僧休念誦，腕前推下水晶珠。」意思是：「在紅羅袖裡清清楚楚地看到有白胡桃，但是一放到白玉盤中就看不出來了。白胡桃白得這麼潔淨可愛，真讓人懷疑是老和尚誦經誦累了，把手腕上的白色水晶珠子褪下來，就成了白胡桃了。」整首詩用的顏色對比，鮮明可愛；用老和尚的水晶珠來比喻白胡桃，讓人感覺白胡桃的白已經美到「聖潔」的程度了。

在現代教育的理念中，有人強力反對背誦，他們把背誦一律叫做死背。眾所周知的建構式數學，每一個計算動作都要從基礎做起。可是大家不免要質疑，建構式如果推到極致，連八加七等於多少都要一個一個加，這樣的數學有什麼意義？換到國語文教育，道理其實是一樣的。基礎的、經典的作品，一定要熟讀於心，需要應用時才能自然而然，脫化而出。否則每一個人讀過的作品如雲煙過眼，踏雪無痕，我們的國語文最後將會只剩生活語言，八卦題材，寡木無味，庸俗無聊。

相關詩文

皮日休〈奉和魯望看壓新醅〉有：「酒德有神多客頌，醉鄉無貨沒人爭。五湖煙水郎山月，合向樽前問底名。」

李白〈白胡桃〉：「紅羅袖裡分明見，白玉盤中看卻無。疑是老僧休念誦，腕前推下水晶珠。」

29

一窩蜂？一窩風？

——盲從的一窩蜂，要命的一窩風

一窩：一個窩中所窩藏的；同一母親所生的；一群人聚在一起；一群。

一窩，是一個很有趣的詞，光從字面上來看，我們很容易會把它想成是「一個窩中所窩藏的」，譬如「一窩小鳥」、「一窩小雞」。鳥類是住在窩中的，所以可以說「一窩」。但是，獸類不是住在窩中的，我們也會說「一窩小狗」、「一窩小豬」。這時候的「一窩」就是指「同一母親所生的」。

再進一層，一群人聚在一起，也可以叫「一窩」，例如「一窩土匪」、「一窩強盜」。

再抽象一點，只要是一群，都可以叫「一窩」。例如《紅樓夢》：「如今舅舅正陞了外省去，家裡自然忙亂起身，咱們這工夫一窩一拖的有趣詞語：一窩孫、一窩絲。

奔了去，豈不沒眼色？」沒眼色，就是「不知趣」的意思。《西遊記》中，孫悟空到了花果山稱王後，對群猴說：

「『小的們，又喜我這一門皆有姓氏。』眾猴道：『大王姓甚？』悟空道：『我今姓孫，法名悟空。』眾猴聞說，鼓掌忻然道：『大王是老孫，我們都是二孫、三孫、細孫、小孫——一家孫、一國孫、一窩孫矣！』」

照這個敘述來看，「一窩孫」的數量比「一國孫」還要多呢！

一團頭髮，可以叫一窩，《儒林外史》：「一雙紅鑲邊的眼睛，一窩子黃頭髮。」頭髮綁成一團，可以叫「一窩絲」，《金瓶梅》：「李桂姐出來，家常挽著一窩絲。」

最後，我們要談「一窩蜂」和「一窩風」了。從上面的討論來看，我們很容易會認為「一窩蜂」是合理的，而「一窩風」是不合理的。

的確！一窩子蜜蜂從窩中蜂擁而出，確實是相當可怕的陣勢。所以一群人一哄而上，可以用「一窩蜂」來形容，《西遊記》：「那些小猴，一窩蜂，把個八戒推將上來，按倒在地。行者道：『你是那裡來的夷人？』」《水滸全傳》有詩說：「二將昂然犯敵鋒，宋江兵擁一窩蜂。可憐身死無人救，白骨誰為馬鬣封。」意思是：「這二位將軍昂然地與敵人交鋒，宋江的兵卒一窩蜂地湧上，可憐被打死的兵卒沒有人會去救一窩蜂：形容一群人一哄而上。
一窩風：一團風，形容快速。
如果形容「一群人」，應用「一窩蜂」。

他，爛成白骨了也沒有人替他修個墳。」馬鬣封，就是墳墓。

但是，前人的作品中又有人寫「一窩風」，《孽海花》：「長鎗短銃，和著鐵鏢弩箭，一窩風的向日兵聚集處殺去。」教育部《重編國語辭典》在「一窩風」詞條下說：「亦作一窩蜂。」這樣解，其實容易誤導讀者。風，不可能住在一個窩裡，所以如果形容一群數目眾多的人，可以用「一窩蜂」，不可以用「一窩風」。《孽海花》的「一窩風」，應該理解為「一團風」，形容快速。如果解釋為「一群人」，那就應該寫「一窩蜂」，寫成「一窩風」應該算寫錯字。

「一窩蜂」也是強盜愛用的渾名，宋代、明代都有大盜喜歡用這個渾名。「一窩蜂」也是明代的一種槍炮名，萬箭齊發，的確像一窩蜜蜂。下次看到「一窩蜂」這個詞，不要只想到一窩蜜蜂喲！

相關詩文

《水滸全傳》有詩：「二將昂然犯敵鋒，宋江兵擁一窩蜂。可憐身死無人救，白骨誰爲馬鬣封。」

30 襲席

——杜鵑颱風夜半來襲，席捲全臺

新聞報導：「杜鵑颱風襲捲東臺灣，造成重大災害。」襲捲？有沒有搞錯？有這種用法嗎？

襲，音ㄒㄧˊ，《說文解字》說：「襲，左衽袍。從衣、龖（ㄊㄚˋ）省聲。」意思是：「襲」是古代喪禮中大斂、小斂之前為死者所穿的袍子，這種袍子左衽壓在右衽上，而且沒有紐扣。引伸，凡是把某樣東西加在某樣東西之上，都可以叫「襲」，而且，「襲」是為沒有知覺的死者所加的袍子，所以往往是不知不覺中加在別人身上才能叫做「襲」。

《左傳》上面說：以軍隊去攻打別人，大張旗鼓，明白聲討的叫做「伐」；偷偷摸摸地去打人家叫做「侵」；更厲害一點，用輕裝部隊偷襲：原指為死者加的袍子，引伸為把某樣東西加在某樣東西之上。
席：墊在地上，讓人坐、臥的東西。

席捲：就像席子一樣，把所有東西收拾掉。

偷地去打人家叫做「襲」。過去，颱風往往是在人們無法預測的情況之下偷偷地來害我們，所以我們說：「颱風來襲。」

席，音ㄒㄧˊ，本來跟戰鬥沒有關係，《說文解字》說：「席，藉也。禮：天子、諸侯席有黼繡純飾。從巾、庶省聲。」意思是：席，是墊在地上，讓人坐、臥的東西，天子、諸侯的席子四邊有漂亮的花紋。至於字形結構，《說文解字》說錯了，「席」字應該是從巾、石聲。

古人不坐椅子、不睡床鋪，白天舖個席子，跪坐在上面；晚上在寢房舖上席子，睡在上面。通常這些席子不用的時候，就會捲起來收藏。所以席子跟捲，往往有很密切的關係，「席捲（卷同）」就是像席子一樣，把所有的東西全部收拾掉。席捲天下，就是統一天下；席捲全臺，就是侵襲全臺灣。

《詩經．邶風．柏舟》說：「我心匪石，不可轉也；我心匪席，不可卷也。」意思是：「我的心不是石頭，不可以隨便讓人轉動；我的心不是席子，不可以讓人隨便捲走。」同一石頭，可以表示堅韌，如「堅若磐石」；也可以表示沒有原則，任人轉動。同一席子，可以用來席捲全部，也可以用來表示任人捲動。多有意思！

「席捲」會被寫成「襲捲」，原因跟現代流行的節縮語有關，寫這個詞的人也許會說：「襲捲」就是「襲擊、席捲」的節縮語嘛！有什麼不節縮語的原則：
不可造成誤解，
不能產生錯誤。

可以呢？

節縮語有一定的原則，一是不可以造成誤解，二是不能產生錯誤。師範大學簡稱師大，特區首長簡稱特首，大家都耳熟能詳，而且欣然接受；司馬遷簡稱馬遷，把史學大師姓名的頭砍掉，就已經很不妥了；技術學院簡稱技院、上海吊車廠簡稱上吊廠，那更是大大的不妥了。

「襲捲」和「席捲」同音，而「席捲」是對的，因此把「襲捲」看成節縮語，那就是一種失敗的節縮語。說了這麼多，除了趁機介紹節縮語外，大家也知道是我很好心，想為某些錯誤找些理由。事實上，錯誤就是錯誤，對錯誤施好心，有時候反而是不應該的。

相關詩文

《詩經・邶風・柏舟》：「我心匪石，不可轉也；我心匪席，不可卷也。」

31 急亟

——情況緊急，亟請援兵

亟：讀ㄐㄧˊ，敏捷疾速；讀ㄑㄧˋ，屢次。

急，音ㄐㄧˊ，《說文解字》說：「急，褊也。從心，及聲。」意思是：度量狹小，性情急躁。它是個形聲字，「心」旁之上是聲符「及」，只是楷字的寫法變成「刍」，和「及」稍有不同。

亟，音ㄐㄧˊ，甲骨文作「[glyph]」，中間是個「人」，上下各一橫畫，表示人的兩極，它是南極、北極的「極」的本字。後來在人形的左邊加「口」形，右邊加「又」形，就寫成了「亟」。這個意義後來用「極」來表示，「亟」就不再有南極、北極的意義了。《說文解字》：「亟，敏疾也。從人、口、又、二。二，天地也。」意思是：敏捷疾速，這個意思要讀ㄐㄧˊ。「亟」的另一個意義是「屢次」，讀ㄑㄧˋ。後兩個意思是「亟」

的假借義。

段玉裁《說文解字注》認為「亟」的意思和「急」沒有什麼不同，「屢次」一義也是由「亟」的「急」這一意義引伸而來的。他的看法雖然不合「亟」字的本義，但是合乎《說文解字》的解釋和後世的用法。

簡單地說，「急」不用為心胸狹窄，而用為急速；「亟」也不用為極端，而用為「急速」，因此「急」和「亟」在這一層意義上二字完全同義。

「急」用為「急速」，大家都很熟悉，如「病急亂投醫」、「當務之急」等。關漢卿《竇娥冤・第四折》：「有鬼有鬼，撮鹽入水。太上老君，急急如律令。」意思是：有鬼有鬼，像把鹽放到水裡一樣，很快就消失了。太上老君啊！請快快地像法律命令一樣地執行吧！

「亟」，在早期文獻中，多半用為「急速」，《史記・天官書》說：「多勝少，久勝亟，疾勝徐。」意思是：「多的贏少的，久的贏急的，快的贏慢的。」楚威王聽說莊子很賢能，於是派使者去聘莊子為相，莊子說：「子獨不見郊祭之犧牛乎？養食之數歲，衣以文繡，以入大廟。當是之時，雖欲為孤豚，豈可得乎？子亟去，無污我。我寧游戲污瀆之中自快，無為有國者所羈，終身不仕，以快吾志焉。」大意是：一頭牛被供在神桌上，看起來很神氣，但是已經失去了自由了。你趕快走吧！

現代有意區分，「急速」義多半用「急」；「屢次」義多半用「亟」。

不要污辱我，我寧願在爛泥之中自由自在地生活！

在漢代，「亟」也有「屢次」的意義，《漢書．刑法志》：「師旅亟動，百姓罷敝。」意思是：軍隊打仗太過頻繁，百姓就會疲勞凋敝。

這樣的用法，到了現代，開始有一些變化，「急速」義多半用「急」；「亟」字漸漸地多半用在「屢次」義，比較少用為「急速」義。不過，這只是我們現代人有意的區分，並不適用於古人喲！因此，我們標題中的「亟請援兵」，可以讀成「急請援兵」，也可以解釋成「屢次請求援兵」，只是前一義要讀ㄐㄧˊ，後一義就要讀成ㄑㄧˋ囉。

相關詩文

《史記．天官書》：「多勝少，久勝亟，疾勝徐。」

莊子：「子獨不見郊祭之犧牛乎？養食之數歲，衣以文繡，以入大廟。當是之時，雖欲爲孤豚，豈可得乎？子亟去，無污我。我寧游戲污瀆之中自快，無爲有國者所羈，終身不仕，以快吾志焉。」

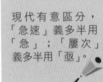

32

鑪爐壚鑪

——銀燭金鑪夜不寒，萬國如在洪爐中

張岱有一篇很意思的短文〈湖心亭看雪〉，其中有兩段這麼寫：

崇禎五年十二月，余住西湖。大雪三日，湖中人鳥聲俱絕。是日，更定矣，余挐一小舟，擁毳衣、爐火，獨往湖心亭看雪。霧凇沆碭，天與雲、與山、與水，上下一白。湖上影子，惟長隄一痕，湖心亭一點，與余舟一芥，舟中人兩三粒而已。

到亭上，有兩人鋪氈對坐，一童子燒酒，鑪正沸。見余，大驚，喜曰：「湖上焉得更有此人！」拉余同飲，余強飲三大白（杯）而別。問其姓氏，是金陵人客此，及下船，舟子喃喃曰：「莫說相公痴，更有痴似相公者。」

本文寫作者鍾情於山水，在極冷的冬天去西湖看雪，結果到了湖心

強調金屬作的就寫「鑪」，用燒火就寫「爐」，是陶器就寫「罏」，是土燒成就寫「壚」。

亭，卻有兩個比作者更癡的人已經在那兒看雪了。真是癡得有趣。

但是，本文第一段寫的是「爐火」，第二段寫的卻是「鑪正沸」，同一個鑪子，用的字卻不一樣，這是怎麼回事？

其實，這個字還可以寫成罏、壚，它一共有四種寫法喲！

這四種寫法，最早的應該是「鑪」，「鑪」，音ㄌㄨˊ，《說文解字》說：「鑪，方鑪也。從金，盧聲。」意思是：鑪是方形的鑪子（圓形的叫做鏇）。它是個形聲字，右旁是聲符「盧」。

「爐」字不見《說文解字》，最早見於《玉篇》：「火爐也。」其實和「鑪」根本就是同一個字。

「罏」，《重編國語辭典》說：「爐子。通爐。宋・陸游〈共語詩〉：『黃金已作飛煙去，癡漢終身守藥罏。』」

「壚」的本義是黑色的土，但是也通「爐」字，《重編國語辭典》說：「燃火用的器具。宋・陸游〈山行過僧菴不入詩〉：『茶壚煙起知高興，棋子聲疏識苦心。』」

中國字中，這種情形很多，強調是用金屬作的就寫成「鑪」，強調它用來燒火就寫成「爐」，強調它是陶器就寫成「罏」（缶是指陶器），強調它是土燒成的就寫成「壚」。在古人來說，愛寫那一個字都可以，但是，漢代比較流行鑪，唐宋以後比較習慣寫「爐」字，壚、罏寫的人漢代流行「鑪」，唐宋以後習慣「爐」。爐的材質會變，但燒火加熱是不變的。

語文約定俗成，部分從學理上講究，部分屬於習慣，未必有明確標準。

比較少。因為爐子的材質可以不斷地變，但是它用燒火來加熱，這一點是一樣的。

同樣的情形如「鍊」和「煉」。《重編國語辭典》說：「煉與鍊二字於燒鎔、煉丹義雖相同，字亦多可互用，但某些詞在用法上各有習慣，煉油不作鍊油，煉乳不作鍊乳。」這話說得很好，語文本來是約定俗成，雖然大部分要從學理上去講究，但是也有一部分是屬於習慣，並不一定有明確的標準。

白居易的名詩〈問劉十九〉：「綠螘新醅酒，紅泥小火壚。晚來天欲雪，能飲一杯無？」意思是：「浮著綠蟻浮沫新釀成的酒，在紅泥做的小火爐上溫著，傍晚快下雪了，能過來和我喝一杯嗎？」「小火壚」如果寫成「小火爐」，後二字偏旁相同，詩人也許是有意地避免同偏旁字，才不會看起來像在抄字典吧！

相關詩文

白居易〈問劉十九〉：「綠螘新醅酒，紅泥小火壚。晚來天欲雪，能飲一杯無？」

33 應映印

——民意反應：三潭印月，山影倒映，應予保存

應：相當。對方有個力量，就回它相當的反應。
映：照射，反射。
印：執政者拿的印章，引伸把一個東西蓋在另一個上。

應，音ㄧㄥ，又讀ㄧㄥˋ，《說文解字》說：「應，當也。從心，䧹（ㄧㄥ）聲。」意思是：相當。對方有個力量，我們就回它一個相當的反應。它是個形聲字，「心」旁之上就是它的聲符。

映，音ㄧㄥˋ，字不見《說文解字》。《重編國語辭典》：「1.照射。2.光線照在物體反射出來。」簡單地說：映就是照射，或者反射。

印，音ㄧㄣˋ，《說文解字》說：「印，執政所持信也。從爪卩。」意思是：執政者所拿的印章。引伸為把一個東西蓋在另一個東西上。

這三個詞本義完全不相同，但是，在「反應」、「反映」、「心心相印」等詞上，很多人都容易寫錯。

「反應」、「反映」的區別：「映」可以換「照」；不能換的，就要用「應」。

「心心相映」的情感濃度大大不如「心心相印」。

「民意反應」不宜寫成「民意反映」，「回應」也不宜寫成「回映」。但是，類似這樣的詞被寫錯的比比皆是，最簡單的判別方法是：「映」可以替換成「照」，如「相映成趣」可以改成「相照成趣」（雖然有點彆扭）；絕對不能換成「照」的，就適合用「應」，如「民意反應」就不宜寫成「民意反照」。準此：「民主政治，政府要能反映民意。」句中的「反映」就應該寫成「反應」，意思是「回應」。

「反映」是個動詞，即反射映照，例如「湖面反映著梅山的倩影」。抽象一點的用法如：「他的作品反映出時代的悲哀。」

「心心相印」是指兩個人的心意相合，寫成「心心相映」，就變成一個人照映在另一個人的心上了。雖然好像也可以通，但是失去心意相合的意思，情感的濃度就大大地降低了。

宋．范仲淹的名詞〈蘇幕遮〉：「碧雲天，黃葉地，秋色連波，波上寒煙翠。山映斜陽天接水，芳草無情，更在斜陽外。黯鄉魂，追旅思，夜夜除非，好夢留人睡。明月樓高修獨倚，酒入愁腸，化作相思淚。」

山映斜陽天接水，多美的景象，但是長年在外，再美的景象也抵不上對親人的思念呵！人類何時才能不再兵戎相見，讓無定河邊骨永遠不再出現，讓深閨夢裡人能夠長相廝守。

34

駁博

——林先生博學多聞，所知極為駁雜

博：拿著盾與人搏鬥，後假借為「博大」之意。
駁：馬的毛色很雜，引伸為和別人意見不一。

博，音ㄅㄛˊ，鐘鼎文寫作「」，左邊是個盾，右邊是聲符，它本來的意思是拿著盾在與人搏鬥，與「搏」根本就是一個字，後來被假借為「博大」的意思，因此《說文解字》說：「博，大通也。從十專，專、布也，亦聲。」我們說的博學、博士、淵博，用的都是這個假借義。

駁，音ㄅㄛˊ，《說文解字》：「駁，馬色不純。從馬、爻聲。」意思是：馬的毛色不統一，很雜。引伸為和別人意見不一，如反駁、辯駁等。

這兩個詞本來完全沒有交集，除了國語讀起來同音外。但是「博學」

駁雜：雜亂。
博雜：博、但是雜而不精。

和「駁雜」意思有點接近，所以有人會寫出「博雜」這樣的詞來，看起來有點不通。

但是，我們去查一下古書，還真有「博雜」這個詞，《朱子語類》：「劉子澄輩便是以務求博雜，陷溺其心。」原來「博雜」的意思是「博、但是雜而不精」，「駁雜」則只是雜亂，並沒有淵博的意思。

現在常用的「接駁」一詞，又可以寫成「駁接」，不知始於何時？它的意思是一段一段地接，就像駁馬的雜色毛是一塊一塊地接。「駁運」、「駁貨」等詞的「駁」，應該都是這個意思。《重編國語辭典》把這個詞直接解釋為「載卸貨物」，容易引起詞義的誤解。

「六博」是古代很流行的一種棋戲，白棋六、黑棋六，雙方互搏，以爭勝負。現在考古已經發現了不少古代的六博道具。

「博山爐」是漢代流行的香爐，下有座，上有蓋，蓋雕成山巒形，因為很像傳說中的仙山「博山」，所以叫做博山爐。

「博士」是指博學多聞的人，戰國秦漢官府延請這樣的人為官，以備諮詢，就叫做「博士」。漢代的博士被今文學派把持之後，古文學派就沒有機會進入官府，所以漢代學術界的今古文之爭非常嚴重。這種現像，古今中外都不能避免。

「博士」到了後代，越來越鑽牛角尖，與社會脈動越來越隔閡。南北朝時有名的顏之推在《顏氏家訓》中說：「鄴下諺云：『博士買驢，書券三紙，未有驢字。』使汝以此為師，令人氣塞。」鄴下諺語的意思是：有一位博士要買驢，契約書寫了三張紙，還沒有寫到一個驢字。

國立臺灣師範大學前校長張宗良博士曾經很感慨地說，現在的博士學有專精，但是專而不博，其實只能叫做「專士」。張校長的話很有道理。現代社會充滿了專家，但是博學通儒越來越少，專家只能「見樹不見林」，補西壁，挖東牆，不能通盤地思考、處理問題。現在社會上很多的問題，不就是這樣發生的嗎？

近些年的問題更嚴重，不但通儒沒有了，甚至於專家也越來越少。高層鼓勵大家培養第二專長、第三專長，樣樣通，樣樣鬆，沒有一樣能管用。我們國家如果只能培養這樣「駁而不博」的人，將來怎麼跟世界拚搏競爭呢？

相關詩文

《顏氏家訓》：「鄴下諺云：『博士買驢，書券三紙，未有驢字。』使汝以此爲師，令人氣塞。」

35 沒默

——沒沒無聞，默默無語

沒：沉沒，引伸沉到沒有了。
默：狗不聲不響地追著人要咬，引伸為安靜不說話。

沒，音ㄇㄛˋ，《說文解字》說：「沒，湛也。從水，𠬛（其實這個偏旁就是「沉沒」的「沒」的本字）聲。」意思是：沉沒。左旁是水，右旁是聲符。

「沒」本來是沉到水裡，所以說沉沒、埋沒、沒頂（整個人沉到水裡）、沒骨畫法（不用線條勾勒外框，直接畫物體的畫法），引伸沉到沒有了也叫沒，如沒齒、埋沒、吞沒等。《論語・衛靈公》：「君子疾沒世而名不稱焉。」意思是：君子非常怕到生命結束的時候，名聲仍然不被人稱道。「沒沒無聞」應該就是從這裡來的。像孔子的學生顏淵，勤奮向學，德行嚴謹，但是英年早逝，沒有留下任何著作，也沒有留下任何功業，如果不是孔子讚美過他，誰知道這個世界上曾經有過顏淵這個人呢？人死留名，虎死留皮，一個年輕人應該要有這樣的抱負，努力學習，服務人群，砥行立名，流芳千古。

默，音ㄇㄛˋ，《說文解字》說：「默，犬暫逐人也。從犬、黑聲，讀若墨。」意思是：狗不聲不響地追著人要咬。俗話說：「咬人的狗不會叫！」就是這種壞狗狗會不聲不響地跑出來咬人。反而是那種對著人一直汪汪叫的狗狗，其實多半是不會咬人的。

從這個意思引伸，「默」也有「安靜不說話」的意思。默默不語、默默不樂都是不說話的意思。唐玄宗有一次對著鏡子「默默不樂」，侍候他的人就問他為什麼不快樂？玄宗說：「自從韓休當宰相之後，為人嚴正，做事認真，我忙得沒有一天可以休息，所以越來越瘦，怎麼會快樂呢？」侍候他的人說：「那為什麼不把韓休辭掉呢？」玄宗說：「我雖然瘦了，但是天下百姓卻因此肥了！我不能把韓休辭掉。」這是多麼偉大的胸襟啊！

照這樣說，「沒沒無聞」不應該寫成「默默無聞」。但是，教育部編的《重編國語辭典》修訂本卻收了「沒沒無聞」，也收了「默默無聞」，兩詞並存。「沒沒無聞」條下引的是明．沈德符的《萬曆野獲編補遺》：「朱先為將軍，有古人風，似不在諸弁下，竟沒沒無聞，惜沒沒無聞、默默無聲、默默不語、脈脈不語，用法應分清楚。

哉！」意思是：朱這個人有古人之風，不在其他軍人之下，最後竟然沒沒無聞，可惜啊！

「默默無聞」條下引的是《黃繡球》：「這女學堂全是黃夫人同他一個換帖姊妹叫做畢去柔的兩人創立，……絲毫沒有學堂的習氣，所以開了將近年把，好像還默默無聞。」其實這樣用應該是不大好的，「默默」是自己不講話，「無聞」是別人聽不到自己的名聲。我們可以說「默默不語」、「默默無聲」，但是比較不好說「默默無聞」。但是，古人已經這麼用了，我們也不能不承認它的存在。

「默默不語」和「脈脈不語」聽起來完全同音，但是意思不大一樣。古詩說：「盈盈一水間，脈脈不得語。」意思是兩個人隔著一條河，只能互相含情相視，卻不能互相對話。「默默不語」則只有不說話的意思，多半沒有含情的意味。

相關詩文

《論語．衛靈公》：「君子疾沒世而名不稱焉。」

《古詩十九首．迢迢牽牛星》：「盈盈一水間，脈脈不得語。」

36 侯候

——馬上封侯，靜候佳音

「侯」是每年春季天子宴請貴族吃飯，同時舉行射箭典禮所用的「箭靶」。

「猴」年的時候，有些朋友不小心就會把「猴」字多寫一豎，我們今天就來談談跟「猴」有關的字吧！

侯，音ㄏㄡˊ，《說文解字》說：「侯，春饗所射侯也。從人、從厂——象張布，矢在其下。天子射熊虎豹，服猛也；諸侯射熊虎；大夫射麋——麋、惑也；士射鹿豕，為田除害也。其祝曰：『毋若不寧侯，不朝于王所，故伉而射汝也。』𥎦，古文侯。」意思是：「侯」是每年春季天子宴請貴族吃飯，同時舉行射箭典禮所用的「箭靶」。古代教育是文武合一，學生除了上各種學科之外，還有「軍訓」課，以便將來畢業後全方位地為國服務。即使地位很高的貴族，也要終身習武。舉行射禮以「侯」為聲符的字，基本上都在「侯」旁加上偏旁。

的時候，天子也要射箭，天子射熊靶、虎靶、豹靶，表示擒服猛獸。諸侯射熊靶、虎靶，也表示擒服猛獸；大夫射麋靶，表示討伐迷惑不堅定的人；士射鹿靶、豕靶，表示為農田驅除有害的野獸。

射箭的時候，口中還要喃喃有詞地禱告說：「不要像那些不來朝見天子的壞諸侯，因為這些壞諸侯不來朝見天子，所以要把他們豎起來射他。」多麼有趣的射箭典禮！

「侯」字本來只寫作「矦」，上面是個「厂」，是箭靶的象形，下面是個「矢」字，表示箭射在靶上。我們看附圖，那是戰國時代一個銅器上面的射侯圖，和「侯」字的結構確實蠻接近的。後來在上面加個「人」形作「矦」(以下稱為「古體侯」)，第一撇和左撇合成「單人旁」，就寫成我們今天寫的「侯」了。

後來以「侯」為聲符的字，基本上都在「侯」旁加上它的偏旁就對了。例如「猴」、「喉」、「鍭(金屬做的箭頭)」、「篌(箜篌，一種豎琴類的樂器)」等，只有「等候」的「候」字，看起來不像是「人」旁加「侯」旁，其實它仍然是「人」旁加「侯」，只是右旁的「侯」寫成「古體侯」罷了。明白了這個結構之後，我們寫「猴」字就不要再寫成「犬」旁加「候」囉。

猴子是一種聰明狡黠的動物，《西遊記》中的美猴王讓多少人為牠著迷。不過，古人認為猴子自認聰明，其實趕不上人。有個養猴子的人，因為食物不夠，要減少猴子的食物為早上三個果子，晚上四個。猴子聽了很生氣，養猴人一看，馬上改口說：「那就早上四個果子，晚上三個好了。」猴子一聽早上增加了一個果子，於是心滿意足，就不再鬧了。這就是「朝三暮四」的故事。我們要特別注意「朝三暮四」的故事，因為社會上有些自以為聰明的人，很喜歡把別人當猴子來欺騙喲！

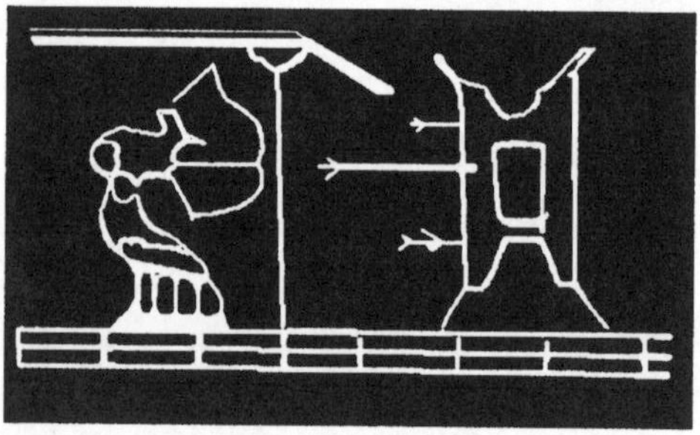
戰國狩獵紋壺. 侯正視圖

37 畢必

——畢恭畢敬，必敬必親

畢：捕鳥的網子，後假借為「全部」。必：戈柄，後假借為「一定」。

由於電腦發達，大多數人打電腦又只會用注音輸入法，學子的同音錯字因此越來越嚴重。某年大學指考考了好幾個注音和改錯字的題目，頗有針對時代弊病痛下針砭的味道。其中一題考的是「畢竟」，因為很多人都會寫成「必竟」。

畢，音ㄅㄧˋ，《說文解字》說：「畢，田網也。」意思是：「畢」是個捕鳥的網子。《詩經．小雅．鴛鴦》說：「鴛鴦于飛，畢之羅之。」畢之，就是用捕鳥畢來捉。後有假借有「全部」的意思，如「原形畢露」是說「一個人本來比較不好的形像全部都顯現出來了」；「群賢畢至」是說一大群的賢人全部都到來了。

必恭必敬（必恭敬止）：一定要恭敬。
畢恭畢敬：十分恭敬，沒有一點怠慢。

必，音ㄅㄧˋ，《說文解字》的說解有錯，我們現在知道它其實是「柲」的本字，也就是戈柄的意思。假借為「一定」的意思，如「每戰必勝」是說「每次打仗一定勝利」；「知過必改」意思是「知道了自己的錯誤就一定要改正」。

「畢」和「必」其實是兩個毫無關係的字，除了國語同音之外，它們的詞義各不相干，照理不會混淆。但是有些詞是可以用「畢」、也可以用「必」的，看起來好像兩者可以互用，其實它們的意思並不一樣，最典型的例子就是「畢恭畢敬／必恭必敬」。

教育部《重編國語辭典》的詞條有「畢恭畢敬」，而沒有「必恭必敬」。看起來，《重編國語辭典》的認定是「畢恭畢敬」是對的，而「必恭必敬」是錯的，其實不然。《詩經．小雅．小弁》：「維桑與梓，必恭敬止。」由「必恭敬止」衍生出「必恭必敬」是極其自然的，「必恭必敬」的意思是：「一定要恭敬」。

「畢恭畢敬」是出現得比較晚的詞，「畢」的意思是「完全」、「十分」，因此，「畢恭畢敬」的意思是「十分恭敬」，完全沒有一點怠慢。

「畢」的常用義是「十分」；「必」的常用義是「一定」，有些詞可以用「畢」、也可以用「必」，雖然意思不太一樣，如「鋒芒畢露」也可以寫成「鋒芒必露」，但意思就由「鋒芒完全顯露」變成「有本領的人一定會顯露出他的鋒芒」。

但是，有很多詞是「畢」、「必」不能換用的，如「原形畢露」就不宜寫成「原形必露」；「畢力同心」不宜寫成「必力同心」。

至於「畢竟」，它的意思是：「究竟」、「到底」、「完全」，例句如：「這畢竟是我們的家務事，外人無權干涉」，可以換寫成「這到底是我們的家務事」、「這完全是我們的家務事」；但是如果寫成「這必竟是我們的家務事」，那就不知所云了。

唐．耿湋〈隴西行〉：「雪下陽關路，人稀隴戍頭。封狐猶未翦，邊將豈無羞。白草三冬色，黃雲萬里愁。因思李都尉，畢竟不封侯。」最後兩句的意思是說：我因此想到李都尉，終其一生，功勞雖然很大，但是仍然沒有被封為侯，真是令人感傷啊！

畢竟：究竟、到底、完全。不可寫成「必竟」。

相關詩文

《詩經．小雅．鴛鴦》：「鴛鴦于飛，畢之羅之。」

《詩經．小雅．小弁》：「維桑與梓，必恭敬止。」

唐．耿湋〈隴西行〉：「雪下陽關路，人稀隴戍頭。封狐猶未翦，邊將豈無羞。白草三冬色，黃雲萬里愁。因思李都尉，畢竟不封侯。」

38

代待

——長官交代完畢，出門交待賓客

代：更換，由一個取代另一個。
待：等待。

某年大學指考改錯字出了一題「交代」，因為有太多人會寫成「交待」。這兩個國語讀起來同音的詞，意義本來是不同的，但是不但莘莘學子常常寫錯，古代的大人先生們其實也弄不清楚。

代，音ㄉㄞˋ，《說文解字》說：「代，更也。」據此，「代」的意思是「更換」，由一個取代另一個。

待，音ㄉㄞˋ，《說文解字》說：「待，俟也。」據此，「待」的意思是「等待」。

這兩個字完全不同義，照理不應該會弄錯，但是在「交代」這個詞上，古今很多人都寫成「交待」。真讓老師無法向孔子「交代」。

交代：把事情、東西「交」給別人，請別人「代」為處理。（可不是「請別人『等待』處理」喲！）

「交代」的意思本來是指：「把事情、東西『交』給別人，請別人『代』為處理」。如果寫成「交待」，那不就變成：「把事情、東西『交』給別人，請別人『等待』處理」了嗎？那要等到什麼時候啊？

「交代」還有其他的意思：

交互接替，如「陰陽交代」。

新舊任交接，如「縣長交代完畢，就回鄉養老去了」。

囑付，如「父親殷殷交代，要我注意身體」。

解釋，如「你功課這麼差，讓我怎麼對你父母交代」。

這些意思，都是由「交接替代」這個意思引伸出來的。如果寫成「交待」，就不通了。但是明清以來，很多文士都把這些意思的「交代」寫成「交待」，因為北方人這兩個詞完全同音，所以很容易寫錯；南方人讀這兩個詞不同音，所以寫錯的機會應該是比較少的。不過，受到明清以來章回小說之類文本的影響，有些南方人也會跟著寫錯，只是我們今天不宜再犯這樣的錯誤。

但是，古代也有「交待」一詞，意思是「交接對待」，如「交待無禮，惹禍上身」。這個意思和「交代」完全不同，不能混為一談。

白居易有一首〈送陝府王大夫〉詩云：「金馬門前回劍珮，鐵牛城下擁旌旗。他時萬一為交代，留取甘棠兩三枝。」

意思是：「王大夫從朝廷拜見完畢，要回到陝府了，陝府城下旌旗簇擁，可見得王大夫受到大家的擁戴（鐵牛城指陝府，傳說大禹在此鑄鐵牛，以鎮水患）。將來你如果高升，到別處當更大的官，你一定會像周朝初年的召公奭一樣，留下讓人思念的甘棠樹。」詩中的「交代」，便是新舊任官吏交接，那是絕對不能寫成「交待」的。

周朝初年，召公奭到召地去巡視，曾在甘棠樹下解決了百姓的問題。百姓感念召公的恩德，於是對召公待過的甘棠樹愛護備至。敬愛其人，愛人及樹，這是多麼溫厚的民風！

相關詩文

白居易〈送陝府王大夫〉：「金馬門前回劍珮，鐵牛城下擁旌旗。他時萬一爲交代，留取甘棠兩三枝。」

39 擅善

——擅於善變？

我國選手曾在奧運跆拳道項目中拿到金牌，舉國歡騰，精神振奮。分析選手能在強敵環伺中拿到冠軍的原因，有媒體說是因為我們的選手「擅於善變」。不過，「擅」和「善」意思重複，這樣說不太好，有一點微瑕。瞧！受到壞句子的影響，我也寫出意思重複的壞句子了，「一點」不就是「微」麼？

擅，音ㄕㄢˋ，《說文解字》說：「專也。從手、亶聲。」意思是：專擅，不聽別人的意見；專權。它是個形聲字，右旁是聲符「亶」。

文獻中所呈顯的正是這個意思，《左傳》：「不聞命而擅進退，犯政也。」意思是：不聽命令而擅自進退，這是侵犯政令。

擅：專擅，引伸為專長。
善：古字的意思是「爭著講好話」，引伸為某樣事物做得很好。

表達「對某樣事物能做得很好」時，「擅於」和「善於」通用。

「擅」，由專擅引伸為專長，如《新校本周書．列傳第三十》：「學稱該博，文擅雕龍。」意思是：學問淵博，文章善長雕琢。與這樣的用法同樣的「擅長」、「擅於」等詞就開始出現了。

善，音ㄕㄢˋ，古代寫作「譱」，上面一個「羊」字，底下兩個「言」字，《說文解字》說：「吉也。從誩羊。此與義、美同意。」意思是：爭著講好話。兩個「言」字所組成的「誩」音義同競，「羊」則代表「好」，所以整個字的意思是「爭著講好話」，這不就是「善」嗎！它的意思是：吉祥、美好、善良……等。由這些意思再引伸，對某樣事物能做得很好就可以用「善於……」來敘述。

「擅於」和「善於」，在表達「對某樣事物能做得很好」時，意思幾乎完全一樣，所以怎麼寫都對，但是「善於」的時代早過「擅於」。而且，「擅於」可以作「善於」，「擅長」卻沒有人寫成「善長」的；「善變」、「善戰」、「善用」、「善頌善禱」的「善」也沒有人寫成「擅」。

更重要的是，「擅於善變」語義重複，這就像說「他喜歡樂善好施」、「他是頭號的元凶」一樣，因為在這些話語中，「擅」和「善」意義相近，「喜歡」和「樂好」意義相近、「頭號」和「元」意義相近。

寫〈楓橋夜泊〉的張繼有一首〈讀嶧山碑〉相當有意義：「六國平來四海家，相君當代擅才華。誰知頌德山頭石，卻與他人戒後車。」〈嶧山碑〉是秦始皇消滅六國以後，巡行天下，由丞相李斯書寫的碑文，盛讚秦始皇的功業，本詩的意思是說：秦始皇平定六國，四海一家，相君李斯的才華獨步當代，誰知他所書寫歌功頌德的嶧山碑，卻成了後人當作前車之鑑的材料！

白居易〈歎老三首〉之一的後四句說：「吾聞善醫者，今古稱扁鵲。萬病皆可治，唯無治老藥。」意思是：「我聽說善於醫術的人，古今都推稱扁鵲。扁鵲什麼病都可以治療，獨獨沒有治老藥。」不是麼！上帝造人，賢愚不肖，各不相等，只有「老」是每一個人都躲不過的，非常公平。貴如秦始皇、漢武帝，富如何曾、沈萬三，最後都要老、都得走，人，有什麼好太過計較的呢？

相關詩文

張繼〈讀嶧山碑〉：「六國平來四海家，相君當代擅才華。誰知頌德山頭石，卻與他人戒後車。」

白居易〈歎老三首〉中有：「吾聞善醫者，今古稱扁鵲。萬病皆可治，唯無治老藥。」

40

決絕

——心意已決，絕不投降

決，音ㄐㄩㄝˊ，《說文解字》說：「決，下流也。從水，夬聲。」意思是：水衝破岸向下流。它是個形聲字，右旁是它的聲符「夬」，「夬」和「決」今天的讀音完全不同，但是上古音是一樣的。

「決」是「水衝破岸向下流」，它必須衝破岸，所以引伸有「決斷」的意思，因此，決斷、決裂、決絕、決然，這些詞中的「決」都可以換成「斷」。

由「斷」又可以引伸為「定」，決定、決心、決策、一決雌雄，這些詞中的「決」都可以換成「定」。

絕，音ㄐㄩㄝˊ，《說文解字》說：「斷絲也。從刀糸，卩（ㄐㄧㄝˊ）聲。」

決：水衝破岸向下流，引伸有「決斷」、「定」的意思。
絕：把絲線切斷，引伸有「斷」、「極盡」的意思。

後世「決」多半強調「定」，「絕」強調「斷」。

意思是：絕是把絲線切斷，它本來是個會意字，應該寫成「㡭」，正是像一把刀把絲切斷的樣子，後來加「卩」為聲符，就寫成「絕」了（右下角的「巴」是「卩」的變體）。

「絕」是「斷絲」，所以引伸有「斷」的意思，因此，斷絕、滔滔不絕、彈盡糧絕、絕席、絕食……等，這些詞中的「絕」都可以換成「斷」。橫渡過河彷彿斷絲，也可以叫「絕」，如「絕河」、「絕流」。

斷絲無法延伸，所以引伸有「極盡」的意思，如絕美、絕妙、絕品、絕才、絕色……等詞中的「絕」，都可以換成「極」或「盡」。

「決」和「絕」都有「斷」的意思，所以在「斷然」這樣的意義中，「決」和「絕」其實是可以互通的。像「絕不／決不」在古典小說中簡直沒有區別，雖然現在大部分人主張應該寫成「絕不」，那也只能說是現代人的抉擇，不能說古人寫「決不」是錯的。

後世「決」和「絕」漸漸分道揚鑣，「決」多半向「定」這個方向發展，「絕」多半向「斷」這個方向發展，分別就越來越明顯了。

最有趣的是「決絕」這個詞，它的一般意義是「永別」。另外，它也可以解釋為「斷然」、「堅決」，韋應物有一首〈燕銜泥〉：

「銜泥燕，聲嘍嘍，尾涎涎（ㄧㄢˋ），秋去何所歸，春來復相見。豈不解決絕高飛碧雲裡，何為地上銜泥滓，銜泥雖賤意有營，杏梁朝日巢有意思的詞：「決絕」。

欲成。不見百鳥畏人林野宿，翻遭網羅俎其肉，未若銜泥入華屋。燕銜泥，百鳥之智莫與齊。」

意思是：銜著春泥的燕子，叫聲是那麼地明白清楚，尾巴是那麼地明亮有光澤，一到秋天燕子就到哪兒去了呢？春天來到，又回來相見了。燕子難道不知道斷然地飛到碧雲裡嗎？為什麼要在地上銜著春泥呢？銜著春泥雖然很卑賤，但是有意經營燕巢，在高貴的杏梁上一天就築成燕巢。你沒看到其他的鳥兒因為怕人，所以都躲到林野中去住，結果被羅網捉住，成為砧板上的肉，反而不如燕子銜著春泥到人類華美的屋子裡。燕子銜著春泥啊！其他的百鳥都趕不上你的智慧。

這首詩以燕子銜泥築巢作比喻，點出越是危險的地方越安全，越怕事的反而越遭殃。咀嚼全詩，是不是充滿了人生智慧呢！

相關詩文

韋應物〈燕銜泥〉：「銜泥燕，聲嘍嘍，尾涎涎，秋去何所歸，春來復相見。豈不解決絕高飛碧雲裡，何爲地上銜泥滓，銜泥雖賤意有營，杏梁朝日巢欲成。不見百鳥畏人林野宿，翻遭網羅俎其肉，未若銜泥入華屋。燕銜泥，百鳥之智莫與齊。」

41 蕃繁煩

——牛馬蕃銜，草木繁盛，人事煩擾

蕃：草木生長茂盛。
繁：馬鬣上裝飾的絲條，數量很多，引伸有「多」的意思。
煩：發熱引起頭痛，引伸有「煩瑣」、「紛亂」等意思。

蕃，音ㄈㄢˊ，又音ㄈㄢ，《說文解字》說：「蕃，艸茂也。從艸番聲。」意思是：蕃是草木生長茂盛。

繁，音ㄈㄢˊ，古字作緐，《說文解字》說：「緐，馬髦飾也。從糸每。」意思是：繁是馬鬣上裝飾的絲條，一根根垂下來，數量很多，因此引伸有「多」的意思。

煩，音ㄈㄢˊ，《說文解字》說：「煩，熱頭痛也。從頁火。」意思是：發熱引起頭痛——這個人肯定是感冒了。

這三個字的本義各不相同，但「蕃」是草木生長茂盛，茂盛就繁多，東西繁多就令人煩心。因此這三個詞還是有一些糾纏。

「蕃」強調由「生長」而多，「繁」僅強調「多」，「煩」強調讓人頭痛。

蕃，主要是由於生長而繁盛，如蕃庶、蕃息、蕃殖、蕃衍、蕃蕪等。繁則主要強調多，如繁富、繁多、繁難、繁榮、繁冗、繁茂、繁文縟節等。

但是，有些詞是跨兩邊的，如：蕃／繁蕪、蕃／繁盛、繁／蕃殖，當然，用「蕃」還是有強調由「生長」而多，用「繁」則單純地強調「多」，二者的意義還是不一樣的。

「煩」是發熱而引起頭痛，所以凡是會讓人「頭痛」的事物，都可以使人「煩」，引伸有「煩瑣」、「紛亂」等意思。煩悶、煩忙、煩惱、煩細、煩躁、厭煩、麻煩等，與「繁」似乎很容易分。

但是，事物多了也會讓人「煩」，這一點就把「煩」和「繁」連繫起來了，如：煩／繁冗、頻煩／繁、煩／繁富等。不過，用「煩」是強調讓人頭痛，用「繁」則強調多而已，二者用意不同。

周曇詩〈陳涉〉：「秦法煩苛霸業隳，一夫攘臂萬夫隨。王侯無種英雄志，燕雀喧喧安得知。」意思是：秦朝的法律非常煩瑣苛細，使得霸業漸漸隳敗，陳勝揭竿而起，就有上萬的人跟著他。王侯不是世襲的，只有英雄才能立大志，那些小鳥怎能知道鴻鵠的大志向呢！

白居易有一首〈蝦蟆〉詩，暗諷得意忘形的小人，部分內容是：「六月七月交，時雨正滂沱。蝦蟆得其志，快樂無以加。地既蕃其生，使之族類多。天又與其聲，得以相諠譁。」意思是：六七月之間，雨下得很多，蝦蟆得到這樣的環境，快樂得不得了。地既適合蝦蟆生長，使牠們族類繁多，上天又給牠們嗓音，使牠們可以大聲喧譁——知道白居易在諷刺什麼人嗎？

蕃、繁、煩，三字雖本義不同，但是互有糾葛，仔細分辨它們的不同與糾葛之後，也許可以利用這種「有點黏又不太黏」的三角關係，寫出很有意思的句子呢！有一首袁瓊瓊小姐寫的歌叫〈忙與盲〉，後半的內容是（這首歌詞有版本的不同，這兒採用的是原版）：

「忙、盲、茫，忙、盲、茫，忙是為了自己的理想，還是為了不讓別人失望，忙得分不清歡喜和憂傷，忙得沒有時間痛哭一場。」

把忙、盲、茫三個同音字用得這麼雋永，真是一首絕妙好辭呀！其他的同音字也可以學著這麼用喔。

相關詩文

周曇詩〈陳涉〉：「秦法煩苛霸業隳，一夫攘臂萬夫隨。王侯無種英雄志，燕雀喧喧安得知。」

白居易〈蝦蟆〉有：「六月七月交，時雨正滂沱。蝦蟆得其志，快樂無以加。地既蕃其生，使之族類多。天又與其聲，得以相諠譁。」

42 辭詞

——五嶽尋仙不辭遠，清詞麗句必為鄰

辭：主管、管理，引伸有「訴訟」、「文辭」的意思。
詞：指形容詞、副詞、虛詞等。

中國文字最小的單位是「字」，聯字而成「詞」，聯詞而成「句」，聯句而成「篇」，聯篇而成「章」。照這個用法，明明是綴「詞」造句，聯篇成章，可是，為什麼我們看到大一點的辭典，如教育部《重編國語辭典》、辭海、辭源，都用「辭」，而不用「詞」呢？

辭，音ㄘˊ，大徐本《說文解字》說：「訟也。**𤔔**（ㄌㄨㄢˋ），**𤔔**猶理辜也，**𤔔**理也。」意思是：辭是訴訟。不過，從甲骨、金文來看，「辭」字本來是主管、管理的意思，引伸有訴訟、文辭等意思。

詞，音ㄘˊ，《說文解字》說：「意內而言外也。從司言。」許慎《說文解字》的意思很不好懂，據段玉裁注，「詞」是指形容詞、副

唐代以後，「文辭」義的「辭」與「詞」互通。

詞、虛詞等。

「辭」和「詞」在某些意義上絕不混淆，屬於「告辭」義的詞，如「辭別」、「萬死不辭」等，絕對不會用「詞」。戰國秦漢間流行的文體「辭賦」，一般不會寫成「詞賦」。宋代的代表文學「詞」，絕對不會寫成「辭」。屬於「文辭」義的，早期絕對不寫成「詞」，如「不能贊一辭」、「欲加之罪，何患無辭」、「大放厥辭」、「絕妙好辭」等。

大約從唐代開始，「辭」和「詞」在「文辭」義上開始有點亂了，唐代科舉考試有「博學宏辭科」，用來選拔學問淵博、文辭卓越的人。考試內容既無辭賦、也無詩詞，但是在史書中，這一科或者寫成「博學宏辭科」，或者寫成「博學宏詞科」，二者完全沒有任何不同。

唐代以後，「文辭」義的「辭」也可以用「詞」，二字交流，難分彼此，所以會看到「各執一詞／辭」，「念念有詞／辭」、「強詞／辭奪理」、「清詞／辭麗句」、「支吾其詞／辭」、「閃爍其詞／辭」、「詞／辭不達意」、「詞／辭窮理屈」，都是二字通用，毫無不同。

韓愈有一首〈歸彭城〉，寫生民之苦，很感人，其前半如下：

「天下兵又動，太平竟何時。訏謨者誰子，無乃失所宜。前年關中旱，閭井多死飢；去歲東郡水，生民為流屍。上天不虛應，禍福各有隨。我欲進短策，無由至彤墀。刳肝以為紙，瀝血以書『辭』。上言陳區別原則：文言古雅的多用「辭」，白話淺近的可用「詞」。

堯舜，下言引龍夔。言『詞』多感激，文字少葳蕤。」

意思是：天下戰爭又起來了，什麼時候才能太平呢？為國定大計的人是誰啊？恐怕不是很理想的人吧！前年關中大旱，鄉里百姓多餓死；去年東郡又大水，生民死屍隨水漂。上天不會隨便降福降禍，禍福都是有原因的。我想要進獻不成熟的計策，又沒有機會到皇帝面前。我可以把肝割下來當紙，我要用血來寫文句，上陳聖王堯舜的理想，下引古代賢臣的良言。我的言詞充滿了慷慨激動，我的文字沒有華麗的詞藻。

同樣是「文辭」義，而「書辭」、「言詞」並出，可見這時「辭」、「詞」已混用難分了。清末民初以來講文法的人，詞類用語一律用「詞」，於是在「文辭」義方面，「詞」日益流行，「辭」逐漸退隱了。

不過，我們可以有一個原則：漢以前「文辭」義只用「辭」；現代則多用「詞」。文言古雅的儘量用「辭」，白話淺近的不妨用「詞」。

相關詩文

韓愈〈歸彭城〉前半：「天下兵又動，太平竟何時。訏謨者誰子，無乃失所宜。前年關中旱，閭井多死飢；去歲東郡水，生民爲流屍。上天不虛應，禍福各有隨。我欲進短策，無由至彤墀。刳肝以爲紙，瀝血以書辭。上言陳堯舜，下言引龍夔。言詞多感激，文字少葳蕤。」

43 察查

——檢察警察，查察賄賂

察：仔細地察看。
查：現為「檢查」的意思。

「察」，音ㄔㄚˊ，《說文解字》說：「察，覆審也。從宀，祭聲。」意思是：「察」是仔細地審察。它是個形聲字，下面是聲符「祭」。

「查」字《說文解字》未見，本字應該寫作「査」，上面是個「木」，下面是個「且」，「且」作聲符用；現在寫成「查」，下面作「旦」，應該是個錯誤的訛形。這個字較早多半讀ㄓㄚ，本來是指「樝」、「槎」的意思。現在讀作ㄔㄚˊ，用為「檢查」的意思，是比較晚出現的用法。

「察」的意思是「仔細地察看」，中國最早記錄刑法觀念的《尚書．呂刑》說：「惟察惟法，其審克之。」意思是：對於罪刑，要仔細地明二者區別：一般的檢查用「查」，特別仔細的檢查用「察」。

察，要遵守法律的規定，要核實辦理；即不可以任意輕重，循情枉法。

《孟子．梁惠王上》說：「明察秋毫，不見輿薪。」意思是：一個人的眼睛可以仔細地看到秋天鳥獸新長細小的毛，卻看不到一車子大根的木柴。這應該是「選擇性辦案」吧。

「查」字《廣韻》已經有了，但是用法和我們今天的不同。直到明代的《正字通》才說：「俗以查為考察義。」也就是說，大約在明代前後，「查」和「察」用法大致相同。如「明察暗訪」也可以寫成「明查暗訪」。

但是，「察」和「查」在後來的發展還是有些不同，除了習慣性的用法外也許沒有太多理由可講，大致說來，一般的檢查用「查」，特別仔細的檢查用「察」。例如法院的「檢察官」不可以寫成「檢查官」，因為法院要「明察秋毫」，所以要察得特別仔細；保護我們安全的「警察」，要非常仔細地發伏摘奸，所以不可以寫成「警查」。比較起來，健康檢查、突擊檢查，就比較屬於一般性的檢查，只要照規定檢查就可以了，所以我們不會寫成「健康檢察」。

司空圖〈自誡〉說：

「我祖銘座右，嘉謀貽厥孫。勤此苟不怠，令名日可存。媒衒士所恥，慈儉道所尊。松柏豈不茂，桃李亦自繁。眾人皆察察，而我獨昏昏。取訓於老氏，大辯欲訥言。」

意思是：我的祖先有篇座右銘，把這個好的想法贈送給子孫們。子孫們如果勤奮地照著座右銘做，美好的名聲就可以留到後世。請託炫耀是讀書人覺得可恥的，慈愛節儉是道家所尊崇的。松柏固然長得很茂盛，桃李也能夠枝繁葉茂。一般人看起來都精明仔細，只有我看起來迷迷糊糊。因為我是服從老子的教訓，真正有口才的人是不大講話的。

「查」（ㄓㄚ）也是個姓，近數百年來查家名人輩出，領盡風騷，清朝皇帝康熙譽之為「唐宋以來巨族，江南有數人家」。如查慎行是清代著名的學者，查良鏞就是我們大家熟知，鼎鼎大名的武俠大師金庸。

相關詩文

《孟子．梁惠王上》說：「明察秋毫，不見輿薪。」

司空圖〈自誡〉：「我祖銘座右，嘉謀貽厥孫。勤此苟不怠，令名日可存。媒衒士所恥，慈儉道所尊。松柏豈不茂，桃李亦自繁。眾人皆察察，而我獨昏昏。取訓於老氏，大辯欲訥言。」

44

鳴銘

——鳴謝賜票，銘謝惠顧

曾經有人開玩笑說臺灣是「選舉島」，年年有選舉，處處在拜託，人人都凍蒜。

選完以後，懂禮貌的候選人會出來向選民道謝。看，迎面而來的宣傳車上面不就貼著一位當選人的「鳴謝賜票」嗎！走沒幾步，街角電線杆上也貼著另一位當選人的「銘謝賜票」！果然是選舉島，連「謝票」都要打對臺，「鳴謝」和「銘謝」，我們要投誰一票呢？

鳴，音ㄇㄧㄥˊ，《說文解字》說：「鳴，鳥聲也。從鳥口。」意思是：鳴，就是鳥叫。它是個會意字，鳥張開口，除了吃東西，當然就是鳴叫囉。

鳴銘

鳴：鳥叫。
銘：把文字刻在金屬或石頭上，藉此保留記錄的事情。

不過，在甲骨文中，「鳴」字的結構更有意思，它寫作「」，右邊是一隻公雞，所以古人是用公雞來代表鳥類的鳴叫。

宋朝以前，雞給人的印象很好，古人稱讚雞有「五德」，連公雞叫都是那麼雄壯威武，「雄雞一鳴天下白」，看來，要天亮還要雞大哥點頭張口才行呢！

齊威王曾經荒怠政事，經過淳于髡勸諫之後，齊威王說他會「不鳴則已，一鳴驚人；不飛則已，一飛沖天」。齊威王一振作起來，就跟公雞大哥一樣，一鳴驚人了。

杜甫詩〈後出塞五首〉有句子說：「落日照大旗，馬鳴風蕭蕭。」李白〈送友人〉也說：「揮手自茲去，蕭蕭班馬鳴。」看來，只要是能發出聲音的動物，都可以「鳴」了。

銘，音ㄇㄧㄥˊ，《說文解字新附》說：「銘，記也。從金、名聲。」意思是：銘，是把文字刻在金屬或石頭上，藉著永遠不壞的金屬或石頭，把我們所要記錄的事情保留下來。

對使人印象深刻的事，尤其跟感情有關的，我們會說「刻骨銘心」，因為這些事像刻在我們的骨頭內、心裡頭。在木頭、石頭、金屬上刻一些勉勵人的話，擺在桌子旁邊，這就是「座右銘」，革命先烈黃興的座右銘是：「墨磨愈短，人磨愈老，尺璧勿競，寸陰是寶。」漂亮

「鳴謝」與「銘謝」的意思不太一樣。

吧！

「鳴」和「銘」兩字的意義差別這麼大，但是，在「鳴謝」和「銘謝」這個詞上，卻是兩者皆可，只不過意思有點不一樣，「鳴謝」是用嘴巴大大聲地說謝謝，「銘謝」則是用紙筆默默地把感謝刻在心中，兩者的謝意都是一樣濃。或許以後「選罷法」可以這樣規定：話多的候選人當選後，要用「銘謝賜票」來默默地答謝；話少的候選人當選後，要用「鳴謝賜票」來大聲地答謝。以調節性情，得其中和。

此外，還是有一些感謝類的話不能混用，例如「銘感五內」絕不能寫「鳴感五內」，因為我們不能用五臟來答謝人家。

相關詩文

杜甫〈後出塞五首〉有：「落日照大旗，馬鳴風蕭蕭。」

李白〈送友人〉：「揮手自茲去，蕭蕭班馬鳴。」

革命先烈黃興的座右銘：「墨磨愈短，人磨愈老，尺壁勿競，寸陰是寶。」

45

調掉

——調頭就走，掉臂而去

調，音ㄊㄧㄠˊ，《說文解字》說：「調，龢也。從言，周聲。」意思是：調和。

當政者把政治處理得很好，叫做「調和鼎鼐」。夏禹鑄九鼎，象徵天下九州，所以古代把「鼎」看成是國家政權的象徵，鼐是大鼎。此外，老子說：「治大國若烹小鮮。」意思是：治理大國像烹調一條小魚，所以「調和鼎鼐」就是：把飯菜煮好，人民才有好日子過。

王維有一首很有豪氣的詩〈雜曲歌詞〉：「一身能擘兩雕弧，虜騎千重只似無。偏坐金鞍調白羽，紛紛射殺五單于。」意思是：少年遊俠一個人能夠拉兩張弓，面對千重的敵人，好像進入無人之境一樣。他側調：音ㄊㄧㄠˊ，調和；ㄉㄧㄠˋ，意思是徵選、調動、調換。
掉：搖晃，掉轉。

坐著金鞍調整白色的箭，紛紛射殺匈奴的單于。

調，又音ㄉㄧㄠˋ，意思是徵選、調動。例如：調兵遣將。由「調動」的意思再一轉就變成「調轉」、「調換」，如：調頭、調包。

掉，音ㄉㄧㄠˋ，《說文解字》說：「掉，搖也。從手、卓聲。」意思是：搖晃。《史記．孟嘗君傳》：「日暮之後，過市朝者，掉臂而不顧。」意思是：不要看菜市場人很多，等到黃昏之後，經過菜市場的人，晃著手臂，沒有人多看市場一眼。《史記．淮陰侯傳》：「（酈生）掉三寸之舌，下齊七十餘城。」意思是：酈食其搖搖舌頭，就讓齊的七十餘座城池投降了。

「掉」字也有「掉轉」的意思，這一點就和「調轉」用法完全相同了，韋莊〈觀獵〉詩：「直到四郊高鳥盡，掉鞍齊向國門歸。」意思是：直到四郊的鳥都打完了，於是掉轉馬鞍，向著國門回去。

白居易有一首很有意思的詩〈感所見〉：「巧者焦勞智者愁，愚翁何喜復何憂。莫嫌山木無人用，大勝籠禽不自由。網外老雞因斷尾，盤中鮮鱠為吞鉤。誰人會我心中事，冷笑時時一掉頭。」意思是：有本領的人總是焦苦辛勞，聰明的人總是比較憂愁，愚翁有什麼喜？又有什麼憂？不要嫌山腳下鬆垮垮的大樹木沒有用，它總比籠子裡的禽鳥來得自由吧！能在網子外自由自在活動的老雞，是因為牠能斷尾求生啊！而在盤子中被人烹食的鮮魚，卻是因為貪吃鉤子上的釣餌而被捕。有誰能了解我心中想的事情？我常常會遇到很多事情時冷笑以對，回頭不再往前。

唐詩中的「掉頭」，大部分人都解為「回頭」，不過也有可能解為「搖頭」。

據此，「調」和「掉」本來是完全不同意義的詞，二者沒有什麼交集。但是在意義為「回轉」、「調換」的某幾個詞，二字都可以互用，如：掉包／調包，掉換／調換，掉頭／調頭。

當然，並不是所有的「回轉」、「調換」義都可以掉調互調，語文的使用還是有習慣性，如「調撥車道」就不能寫成「掉撥車道」。

意義為「回轉」、「調換」的某幾個詞，可以掉調互用。

相關詩文

王維〈雜曲歌詞〉：「一身能擘兩雕弧，虜騎千重只似無。偏坐金鞍調白羽，紛紛射殺五單于。」

韋莊〈觀獵〉：「直到四郊高鳥盡，掉鞍齊向國門歸。」

白居易〈感所見〉：「巧者焦勞智者愁，愚翁何喜復何憂。莫嫌山木無人用，大勝籠禽不自由。網外老雞因斷尾，盤中鮮鱠爲吞鉤。誰人會我心中事，冷笑時時一掉頭。」

46 究就咎

——依法究辦？認錯就好，既往不咎

國文程度越來越差，已經到了不可不趕緊想辦法的時候了，光是靠「搶救國文教育聯盟」來搶救是不夠的啦！

日前去車站搭車，看到寄物櫃上寫著「違法偷竊，送警就辦」。天哪！車站的長官這麼寬厚，小偷拿了櫃子裡的東西，還要送警才辦？如果不送警就不辦？

同樣的，「既往不究」對呢？還是「既往不咎」對？好像越來越多人會弄錯了，這不是國文程度低落了嗎！

究，音ㄐㄧㄡˋ，《說文解字》說：「究，窮也。從穴，九聲。」「究」的意思是：窮究，深入追究。它是個形聲字，下旁是聲符「九」。

究：窮究，深入追究。
就：一個東西往另一個東西靠。假借為連詞，表承接關係。
咎：災禍，歸咎。

「究」的本義是往洞穴中探到底，引伸為探求一切事物的究竟，所以「研究」一定要深入，不可以東抄西抄了事；老學究一定是對學問窮追不捨的人。「送警究辦」的意思是：送到警察局，追究查辦到底，絕不寬恕。

就，音ㄐㄡˋ，《說文解字》說：「就，就高也。」「就」的意思是：在一個東西上加另一個東西。引伸為一個東西往另一個東西靠，例如：「吃飯要以碗就口，不要以口就碗。」「以碗就口」是把碗端向口，這樣才有做人的尊嚴，不要吃得像乞丐。假借為連詞，表承接關係，「送警就辦」的意思是：交送警察局才查辦，不交送就不辦。車站的警察錯得太離譜了。

咎，音ㄐㄡˋ，《說文解字》說：「咎，災也。從人各，各者相違也。」「咎」的意思是災禍，如果每個人都各行其是，不肯合作，那麼就會有災禍。「既往不咎」的意思是：事情已經過去了，就不再怪罪了。《重編國語辭典》解釋為：「已經過去的事不再追究。」這樣解釋是錯的，如果依這個解釋，本句應該寫成「既往不究」。「既往不究」是不肯定對方有沒有錯，但過去了的就不再追究了。「既往不咎」則是肯定對方有過錯，但是過去了的，就不再歸咎對方了。

韓愈詩〈南內朝賀歸呈同官〉有句云：「文才不如人，行又無町畦。問之朝廷事，略不知東西。況於經籍深，豈究端與倪。君恩太山重，不見酬稗稊。」寫一個窮酸書生，對於經籍的深奧之處，無法窮究端倪，果然腐儒一個，頗為有趣。

元稹詩〈旱災自咎貽七縣宰〉有句云：「吾聞上帝心，降命明且仁。臣稹苟有罪，胡不災我身。胡為旱一州，禍此千萬人。」發生了旱災，其實是人力不可抗拒的，但是好的父母官，看到人民生活困難，於心不忍，於是「歸咎」自己，甚至說：「我元稹如果有罪，那麼就把災難降在我身上就好，不要讓老百姓受到旱災之苦。」這種仁民愛物之心，真是令人感動。「旱災自咎」就是：遇到旱災，把過錯歸於自己。

官吏人人遇事深「究」不捨，遇錯歸「咎」自己，天下「就」會太平，人民「就」會幸福。幸福「就」是這麼容易的東西，Don't worry, be happy。

既往不咎：肯定對方有過錯，但是過去了，不再歸咎對方。

相關詩文

韓愈詩〈南內朝賀歸呈同官〉：「文才不如人，行又無町畦。問之朝廷事，略不知東西。況於經籍深，豈究端與倪。君恩太山重，不見酬稗稊。」

元稹〈旱災自咎貽七縣宰〉：「吾聞上帝心，降命明且仁。臣稹苟有罪，胡不災我身。胡爲旱一州，禍此千萬人。」

47 後候

——稍後回來，恭候大駕

國文程度越來越差，已經到了不可不趕緊想辦法的時候了，光是靠「搶救國文教育聯盟」來搶救是不夠的啦！

日前去某單位辦事，承辦人不在，櫃檯前放了一個牌子，上面寫著：「請稍後，馬上回來。」我看了，嚇得趕緊向「後」退，不敢在櫃檯前等候，心裡想：要我們等「候」，一定要我們向「後」退嗎？

等承辦人回來，辦好事情之後，我到另一個櫃檯，承辦人也不在，櫃檯前放了一個牌子，上面寫著：「稍候回來，不要走開。」咦！我是不是走錯地方了？這不是某些電臺常用的話語嗎？這句話在廣播中聽不會有問題，但是，寫出來會是「稍『候』回來」嗎？

後：遲，慢，也是方位詞。
候：等候。

「請稍候」與「稍後回來」，「候」、「後」的用法不可混淆。

「稍候」、「稍後」這兩個詞出現的頻率越來越高，這兩個詞的使用者本來是要表達客氣，但用錯了以後，不但鬧笑話，連原來要表達的客氣也蕩然無存了。

後，音ㄏㄡˋ，《說文解字》：「後，遲也。從彳、ㄠ、夊，ㄠ夊者、後也。」「後」的意思是：遲，慢。它的意義跟今天使用的沒有什麼不同，它是個形容詞。做方位詞、時間詞時，也可用為名詞。例如顏淵讚歎孔子的偉大，說孔子「仰之彌高，鑽之彌堅；瞻之在前，忽焉在後」。「後」一般很少用做動詞，所以不能說：「請稍後。」但是我們可以說：「稍後回來。」意思是：我稍微晚一點就會回來，您不要走開喔！

唐代杜牧有名的文章〈阿房宮賦〉說：「秦人不暇自哀，而後人哀之。後人哀之而不鑑之，亦使後人而復哀後人也。」意思是：秦始皇統一天下以後，窮極奢侈，阿房宮的建設極盡奢華之能事，其他的建設、享受可想而知。秦國很快就滅亡了。秦人沒有時間自己哀傷，只有留給後人去哀傷。後人哀傷而不引以為鑑，步秦後塵，自取滅亡，又使更後來的人哀傷這滅亡的「後人」了。兩個「後人」，意義不同，頗能發人深省。

候，音ㄏㄡˋ，《說文解字》：「候，伺望也。從人、侯聲。」「候」

的意思就是等候，與現在的用法接近。「恭候大駕」就是：恭恭敬敬等候您的到來。「靜候佳音」就是：我靜靜地等候著好消息。「候」是動詞，所以「請稍候」的意思是：請您稍微等一等。「稍候回來」就有點不通了。

王維的名詩〈渭川田家〉：「斜陽照墟落，窮巷牛羊歸。野老念牧童，倚杖候荊扉。」意思是：斜陽照著村落，牛羊回到窮破的巷子。鄉下的老人家想念著放牧的小孩，在柴門前拄著拐杖等候。描寫鄉下老人的親情，溫馨感人。

「候」、「後」不分，會鬧笑話的：

「候選人」是等著被選舉的人，寫成「後選人」，那就不用選了。

「候補」是等候被補上，寫成「後補」，就變成別人先補，自己最後了。

各位先生小姐，以後不要再讓小市民「稍後」了喲！

相關詩文

顏淵讚歎孔子的偉大，說：「仰之彌高，鑽之彌堅；瞻之在前，忽焉在後。」

杜牧〈阿房宮賦〉有：「秦人不暇自哀，而後人哀之。後人哀之而不鑑之，亦使後人而復哀後人也。」

王維〈渭川田家〉：「斜陽照墟落，窮巷牛羊歸。野老念牧童，倚杖候荊扉。」

48

堅艱

——堅苦卓絕，歷盡艱苦

會意兼形聲：會意字中，有一個偏旁具有聲符的作用。

堅，音ㄐㄧㄢ，《說文解字》說：「堅，土剛也。從臤（讀同「千」）土。」意思是：「堅」是很硬的土。它是個會意字，《說文解字》說「臤」的意思就是「堅」，因此「臤土」當然就是硬土囉。不過，它也是個形聲字，「土」上的「臤」，其實也有聲符的功能。在文字學上，這叫做「會意兼形聲」，也就是在一個會意字中，其實有一個偏旁具有聲符的作用。

艱，音ㄐㄧㄢ，《說文解字》說：「艱，土難治也。從堇、艮聲。」意思是：「艱」是土地很難開發。無論是多石塊的土地、堅硬的土地，只要它很難開發，應該都可以叫做「艱」。

堅：本指土地硬，一切東西的強硬都可以叫「堅」
艱：土地難治，或是危險災難，引伸為一切困難及災難。

不過，現代學者從河南出土的商代甲骨文中發現，「艱」的意思其實是「災難」，它本來寫成一個「人」（或一個「女」）跪坐在一面鼓前面，表示有危險來了，擊鼓以報艱。擊鼓報艱是古人在安全防衛中很常用的方法。台北市師大和台大中間有一個行政區叫「古亭」，本來應該寫作「鼓亭」，那是當年漢人防止原住民偷襲所建立的一個瞭望亭，有危險的時候立刻擊鼓報艱。

「堅」本來是指土地硬，引伸為一切東西的強硬都可以叫「堅」。如「老而彌堅」是指人的個性堅強；「堅甲利兵」是指盔甲的堅硬；「松柏之堅」是指樹木的堅強。

「艱」，無論本來的意思是土地難治，或是危險災難，後來引伸為一切困難及災難。如「國步維艱」是指國家的發展很困難；「物力維艱」是指物質條件很困難，沒有東西可以用。

「堅」和「艱」的意思本來相差很大，照理不該糾纏不清。不幸的是，在「堅苦卓絕」這個詞上，「堅」和「艱」發生了一點關係，有不少人把「堅苦卓絕」寫成「艱苦卓絕」。教育部《重編國語辭典》這兩個寫法都收了：

「堅苦卓絕：堅毅刻苦的精神超越常人。」

「艱苦卓絕：形容極端艱難困苦。清・方苞〈刁贈君墓表〉：『習堅苦卓絕：堅持到底的精神特別比別人強。不可寫成「艱苦卓絕」。

齋遭人倫之變，其艱苦卓絕之行，實眾人所難能。』」

其實，「堅苦」的「苦」並不是「刻苦」的意思，它恐怕應該解釋成「固」，也就是「堅固」、「堅持」的意思。例如「苦苦哀求」，就是一再地請求；「苦苦推辭」就是一再地推辭。因此「堅苦卓絕」的意思應該是：堅持到底的精神特別比別人強。

「卓絕」的意思是：特別卓越。因此，「堅苦卓絕」是合理的，表示比別人堅毅、堅持。而「艱苦卓絕」則是不合理的，這句話照字面應該解釋為「艱難困苦比別人卓越」——我真不知道這在講什麼。方苞雖然是有名的古文大家，但是〈刁贈君墓表〉寫成「艱苦卓絕」恐怕是一時筆誤。至於今人大量出現的「艱苦卓絕」則是不該有的以訛傳訛。

49

噩惡

——噩夢連連，惡運不再

噩：通「咢」，驚愕的意思。
惡：做錯事，引申為「厭惡」。

「天皇皇，地皇皇，我家有個夜哭郎。過往君子唸三遍，一覺睡到大天光。」是小嬰兒做噩夢了嗎？小嬰兒不會說話，只會哭，所以大人就寫了這張貼紙，祈福禳災。

「噩夢」，很多人寫成「惡夢」，「噩」和「惡」是否同義呢？

噩，音ㄜˋ，《說文解字》沒有這個字，文字學家告訴我們「噩」和「咢」是同一個字。

《說文解字》：「咢，譁訟也。从吅（音歡）、屰（音逆）聲。」意思是：喧譁爭吵。這個意思，後世很少見到。後世「咢」字多半用同「愕」，也就是驚愕。依照《說文解字》，「咢」是個形聲字，不過，照噩夢：指因受到驚嚇而做的夢。惡夢：指內容令人厭惡的壞夢。

甲骨學者的看法，《說文解字》這樣解釋字形是錯的（這一部分比較複雜，有興趣的人需要另外看拙著《說文新證》）。

惡，音ㄜˋ，《說文解字》：「惡，過也。从心、亞聲。」意思是：做錯事。錯事人人討厭，所以引伸為「厭惡」，音ㄨˋ。它是個形聲字。

「咢」的常用義是「驚愕」，「惡」的意思是「過錯」或「厭惡」，這兩個字的意思本來是完全不同的，但是令人驚愕的事常常也令人厭惡，所以這兩個字就開始發生一點關係了。像「噩夢」又寫成「惡夢」；「噩耗」又寫成「惡耗」；「惡運」又寫成「噩運」等。

「噩夢」出現得較早，古書《周禮》中有一個很有趣的職官叫「占夢」，專門負責解夢，每年結束時還要把所解的吉夢而靈驗的整理好，獻給皇帝。「占夢」負責解的夢有六種：一曰正夢，就是普通正常的夢；二曰噩夢，因為受到驚嚇而做的夢；三曰思夢，夢見白天所想的事情的夢；四曰寤夢，夢到白天所見的事物的夢；五曰喜夢，令人喜悅的夢；六曰懼夢，讓人懼怕的夢。由此看來，「噩夢」是指因為受到驚嚇而做的夢，其內容當然也會令人驚嚇。這種意義的夢，不宜寫成「惡夢」。

如果把這兩個意義分清楚，那麼「噩夢」指因受到驚嚇而做的夢，

「惡運」不宜寫成「噩運」。

「惡夢」則指內容令人厭惡的壞夢。「噩耗」指令人震驚的壞消息，「惡耗」則只強調是壞消息（有些壞消息並不令人震驚，例如久病去世，雖然令人哀傷，但是因為在大家預料之中，所以並不令人震驚）。但是「惡運」似乎不宜寫成「噩運」，因為「運」是不能預期的，所有大好大壞的「運」都令人驚奇。寫成「噩運」，咬文嚼字地說，應該解釋為「令人震驚的運氣」，由字面無法判斷這個運氣是好還是壞。

九一一是很多人的噩夢，當噩耗傳來，大家都無法相信：為什麼那麼多善良的百姓，卻會遭遇到這樣的惡運呢？同樣的，九一一是紐約人永遠的噩夢，海嘯是南亞人永遠的噩夢，颶風是紐奧良人永遠的噩夢。

讓我們心手相連，互相支援，讓世界不再有惡耗，讓夜晚不再有噩夢，讓人們不再有惡運，讓世界永遠美好，陽光永遠燦爛。上帝，你聽到了嗎？

50

齒恥

——終身不齒，不恥下問

齒：牙齒，引伸有「依序排列」的意思。
恥：辱。

齒，音ㄔˇ，《說文解字》說：「齒，口斷（同齦）骨也。象口齒之形，止聲。」意思是：「齒」是牙齦中生出來的骨狀物。它的下半是個「口」，口上布滿了牙齒的象形；它的上部是聲符「止」（正確地說，應是聲符「之」）。甲骨文的「齒」字就寫作「𠚕」，活脫脫一幅牙齒的象形圖，連幾顆牙都數得出來。

恥，音ㄔˇ，《說文解字》說：「辱也。從心、耳聲。」意思是：「恥」就是辱，它是個形聲字，聲符是「耳」。

「齒」和「恥」是兩個完全無關的字，但是在「不齒／恥」這個詞上，今人的用法卻是牙齒咬舌頭，糾纏不清。

不齒：不願與之同列。
不恥：不以為恥辱。

牙齒是一顆接一顆，照著順序排的，所以「齒」字引伸有「依序排列」的意思。例如「齒列」就是同列、並列的意思。「齒錄」就是依序錄取。

古代教育很嚴格，每個階段都有一定的要求，如果經過若干次訓練考核，仍然達不到要求的，就會被「摒之遠方，終身不齒」，意思是：終身不被錄用。

「不恥」則是「不以為恥辱」的意思。《論語．公冶長》：「敏而好學，不恥下問。」意思是：勤奮好學，向地位低下的人請問，也不以為恥辱。

「不恥寇盜」意思是：「不以做強盜為恥辱」，而不是「認為做強盜是可恥的」。

《管子．牧民篇》以禮、義、廉、恥為國之四維（維繫國家的四根大繩子），其中禮、義、廉都是正面的德行描述，只有恥字是負面的德行描述，它的意義仍然是「以……為恥辱」。

《增廣賢文》說：「知足常足，終身不辱。知止常止，終身不恥。」意思是：懂得知足就會經常（長久）地覺得滿足，終身不會受辱。懂得知止就會經常（長久）地適可而止，終身不會受恥。這種「不恥」的意義，已經跟原始意義有所不同，但是還不至於不通。

到了近代，「不恥」進一步變成與本義完全相反的「可恥」、「引以為恥」，這種用法，在媒體、白話文中比比皆是，如：

你這種卑鄙的行為，令人不恥！

我不恥也不屑與你為伍。

「令人不恥」，正確解釋應該是「令人不覺得羞恥」，但令人的用意卻是「令人覺得羞恥」，二義完全相反，天哪！怎麼會這樣呢？

「不恥與你為伍」，正確解釋應是「不認為與你為伍是羞恥的」，但令人的用意卻是「認為與你為伍是羞恥的」，天哪！怎麼會這樣呢？

正確的用法是「令人不齒」，令人不願與之同列。或「令人可恥」，令人覺得可恥。如果一時之間沒有把握，那麼就「不齒」、「不恥」都不要用，改用覺得羞恥、可恥等較簡單明白的詞，免得讓人「不齒」我們的文章。

如果沒把握，改用較簡單明白的詞。

相關詩文

《論語．公冶長》：「敏而好學，不恥下問。」

51

身生

——終身學習，終生不悔

身：身體，軀幹。
生：生長，前進。

身，音ㄕㄣ，《說文解字》說：「躳也。從人，申省聲。」意思是：「身」就是我們自己的身體。它是個形聲字，小篆寫成「」，許慎認為頭兩筆是個「人」字，剩餘的部分是聲符「申」，但是筆畫簡省，只寫半邊。不過，許慎這麼解釋字形可能是錯的，「身」字甲骨文寫作「」，頭兩筆是個「人」字，剩餘的半圓形是指事符號，指「人」的身軀部分，所以「身」的意思是：人的軀幹。

生，音ㄕㄥ，《說文解字》說：「進也。象艸木生出土上。」意思是：「生」就是草木向上生長、前進。它是個象形字，最底下一橫像地，上面像剛生出來的草木。

終身：此身存活的過程，即「一輩子」。
終生：到生命結束，即「到死」。

「身」和「生」本義不同，大部分的用法也都涇渭分明，不相混淆，但是在「終身／生」這個詞上，卻常常混用不分，令人困惑。

教育部《重編國語辭典》在「終身」底下注明「亦作終生」，在「終生」底下也注明「亦作終身」，好像「終身」和「終生」兩個詞完全相同。不過，我們檢查時代比較早的古籍，「終身」非常常見，而「終生」只有少數幾個，二者應該是有些不同的。

仔細體會古籍中「終身」的意義，似乎比較強調「此身存活的整個過程」，換成白話，可以說成「一輩子」；而「終生」的意義，似乎比較強調「到生命結束」，換成白話，可以說成「到死」。雖然後來「終身」的用意也有和「終生」非常接近的，但是二者的重點畢竟不一樣。

白居易與元稹是很好的朋友，白居易有一首很有名的〈欲與元八卜鄰先有是贈〉詩，內容寫的是希望和元稹做鄰居：「每因暫出猶思伴，豈得安居不擇鄰。何獨終身數相見，子孫長作隔牆人。」意思是：「每次短暫的外出，我都會希望有個知心的朋友相伴，怎麼可以想要安居，卻不選擇鄰居呢？（我希望和你做鄰居，）不但要一輩子常常見面，還希望兩家子孫永遠做隔牆鄰居呢！」辛棄疾〈新居上梁文〉說：「百萬買宅，千萬買鄰。」白居易和元稹的真摯交誼，真是令人感動；相形之下，今人為蠅頭小利、蝸角虛名，出賣鄰居朋友，反目成仇的，比比皆是，真是令人唏噓啊！

「終生」一詞最早見於《楚辭・九懷》：「歷九州兮索合，誰可與兮終生？」意思是：「我到處找能跟我合得來的，有誰能跟我相處到生命終了呢？」以屈原的「政治潔癖」，恐怕還真難找到和他合得來的人。不過，政治是次等之事，和靳尚、令尹子蘭、張儀等這些沒有誠信的卑鄙小人周旋，身段可能要放軟一點。

雖然「終身」和「終生」後世的用法有點混而不分，但是仔細看看大部分人寫的文章，其實用的都是強調「一生」的「終身」，而不是強調「到死」的「終生」。把握上面的分析，應該可以「終身」受用吧！

相關詩文

白居易〈欲與元八卜鄰先有是贈〉：「每因暫出猶思伴，豈得安居不擇鄰。何獨終身數相見，子孫長作隔牆人。」

《楚辭・九懷》：「歷九州兮索合，誰可與兮終生？」

52

和合

——和合二仙，和氣又合作

和合二仙是傳統最受歡迎的神仙之一種，相傳唐朝時，有一位名叫「萬回」的人，他的哥哥從軍在外，父母非常思念，於是「萬回」就往戰場探視，居然朝發夕返，後人以此象徵家人和合，所以宋代開始祭祀「萬回」，稱為「和合神」。

清代以後又以唐代僧人寒山、拾得為「和合二聖」。相傳二人本來親如兄弟，共愛一女，寒山為了成全拾得，於是離家為和尚，沒想到拾得見不到寒山，也不結婚，遠赴深山尋找寒山，二人相聚後都當了和尚，後世祭祀二人為神。所傳圖像一化為二，一持荷花，一持圓盒，象徵「和（荷）諧好合（盒）」，結婚時必掛於洞房之中，廳堂之上。

和：和諧、應和、附和。
合：合作、相合。

「和」、「合」二字在國語中讀音完全相同，所以有些詞會弄錯。如「和好／合好」、「不和／不合」等。

和，音ㄏㄜˊ，《說文解字》說：「相應也。從口、禾聲。」意思是：「和」字是與人相附和，這個意義現在讀ㄏㄜˋ。它是個形聲字，右旁從「口」，表示說話以附和他人，左旁是個聲符「禾」。

「和」字出現得很晚，一直到戰國時代才出現。我一直有一個想法，「和」字也許是商代甲骨文中就出現的「龢」字的後起異體字。

龢，音ㄏㄜˊ，《說文解字》說：「調也。從龠、禾聲。讀與和同。」意思是：「龢」字是樂器的聲音和諧。它是個形聲字，左旁是個「龠」，這是古代一種類似排簫的樂器，每次吹的時候同時至少發兩個音，而這兩個音是和諧的音，所以從「龠」的字可以有「和諧」的意思。右旁是聲符「禾」。

「龢」字主要出現在商甲骨和周金文中，戰國以後漸漸少見。所以我懷疑「龢」字簡化為「和」，二字的意思其實是一樣的——和諧、應和、附和。主要是由言語或聲音所達成的。

合，音ㄏㄜˊ，《說文解字》說：「亼（音集）口也。從亼口。」後代學者以為《說文》的意思是：「合」字是把好多人的嘴巴集合在一起。其實從甲骨文來看，「合」字上面是一個倒過來的「口」，底下是另一個

二者區別：「和」多當形容詞、副詞；「合」多當動詞

「口」，整個字就是「答」的本字，上口說，下口答。引伸為合作、相合。

知道「和」、「合」本來的意思，我們對這兩個字組成的詞就不會再混淆了。後世「和」字多半當形容詞、副詞用；「合」字多半當動詞用：

百年好合：夫妻好好地「合」在一起一百年。

和好：友好。

和音：用和諧的聲音一起發音。

合音：把聲音混合在一起。

志同道合：心志和理想都一樣相合。——只有相「和好」還不夠。

調和：協調意見不同的人，讓他們互相和諧相處。

調合漆：把各種原料合在一起，調成油漆。

謹以「和合」二字祝大家和樂相處，同心合道。在上位者要和氣待人，在下位者不要苟合取容。

53 渾混溷

——渾水摸魚，鬼混一生

渾：河水混合流動時發出的聲音，水濁。
混：盛大的水流，亂。
溷：濁亂。

渾、混、溷常被用在不太好的語句中，這樣的字，也許大家會不太注意，因此混用難分。

渾，音ㄏㄨㄣˊ，《說文解字》：「渾，溷流聲也。從水、軍聲。」意思是：「渾」是河水混合流動時發出的聲音。兩條河流合併在一起也叫「渾」，水濁也叫「渾」。

混，本音ㄍㄨㄣˇ，《說文解字》：「混，豐流也。從水、昆聲。」意思是：「混」是盛大的水流，後世俗寫作「滾」。本來和「亂」義無關，但是後世把「混」字借作「渾」字用，於是「混」字也有「渾濁」的意思了。

「渾」解釋為「全」時，不宜寫成「混」。「混」當動詞時，不寫成「渾」。

溷，音ㄏㄨㄣˋ，《說文解字》：「溷，亂也。一曰：水濁貌。從水、圂聲。」意思是：「溷」是濁亂。這個意思和「渾濁」的「渾」就很難區別了。

這就是語文，用久了就會開始混雜，不熟的人就會溷亂，鬼打渾。但是，亂中又有序，社會習慣會讓一些用法有共同的規範。

以下是可以通用的詞例：渾濁／混濁／溷濁，逃名溷俗／逃名混俗，渾沌／混沌，混帳／渾帳，混蛋／渾蛋。

「溷」字現在比較少用，所以一般人不會用到，當然就不會有錯。「渾」和「混」因為常用而常通假，所以用錯的機會比較多。不過，渾和混也有不能互通的時候。如：

「渾」解釋為「全」的時候，不宜寫成「混」，如「渾身解數」（但是《醒世姻緣傳》第七回卻這麼用：「老晁夫婦見了這們一個肘頭霍散腦，混身都動彈的個小媳婦，驚的蹙著眉，沉著臉，長吁短嘆。」教育部的《重編國語辭典》修訂本因此也收了「混身」這個詞，其實這樣用不是很好的）。其他如「渾然天成」不宜寫成「混然天成」；「渾渾噩噩」不宜寫成「混混噩噩」；「渾家」絕不能寫成「混家」；「璞玉渾金」不能寫成「璞玉混金」。

「混」當動詞用的時候，一般不會寫成「渾」，如：混世魔王、混合，混凝土，龍蛇混雜，鬼混，混飯吃，混亂，混淆等。

韓愈〈贈賈島〉詩：「孟郊死葬北邙山，從此風雲得暫閒。天恐文章『渾』斷絕，更生賈島著人間。」

孟郊和賈島兩個人是唐代有名的苦吟詩人（蘇東坡評他們二人為「郊寒島瘦」），韓愈對他們二人非常稱讚，這首詩是說：「孟郊死了，葬在北邙山，從此天地間的風雲暫時得到悠閒。但是，上天恐怕文章『完全』斷絕了，於是又生了賈島在人間。」韓愈對孟郊、賈島真是器重呢。

相關詩文

韓愈〈贈賈島〉：「孟郊死葬北邙山，從此風雲得暫閒。天恐文章渾斷絕，更生賈島著人間。」

眼花撩亂

54

戊戉戌戍

——張飛打岳飛，兵器滿天飛

戊戉戌戍四個字，長得非常像，所以大家常常會弄錯。戊、戉、戌是三種和斧頭很像的長柄兵器，戍是一個人拿著兵器在守衛，這四個字擺在一起，好像兵器大戰，也像俗話說的「張飛打岳飛」，兵器滿天飛。難怪有些人會把這四個字攪得一場糊塗。

商代甲骨文的「戊」（ㄨˋ）字寫成「」，很清楚地看得出是一個斧頭類的兵器，帶著長長的柄；商代的銅器上面的文字「戊」寫成「」，斧刃的部分更像實物，但是斧柄的部分寫成彎彎的，又比較不像實物了（銅器文字中，表示長柄類器具的字都把柄寫得彎彎的）。戰國時代寫成「」，跟我們楷書的寫法幾乎一模一樣。

戊、戉、戌：三種和斧頭很像的長柄兵器。
戍：甲骨文字形像一個人站在戈旁，就是防守的意思。

「戉」（ㄩㄝˋ）就是「鉞」的古字，讀音也和「鉞」一樣。它是商周時代最高級、最漂亮的斧頭類兵器，應該是帝王這一等級的人所用的兵器。在商代甲骨文寫成「」，刃部圓圓的，很特殊；周代銅器文字寫成「」，看起來跟「戊」字很像，但是「戊」字的筆畫向左撇，「戉」字的筆畫向右勾，一直到今天，楷書中的分別仍然是這樣。

商代的「戌」（ㄒㄩ）字寫成「」，周代銅器文字寫成「」，很清楚地看得出也是一個斧頭類的兵器，也有長長的柄，大概它的刃部比較寬大，所以表現在文字上，比「戊」字特別強調刃部的寬大。戰國文字寫成「」，跟現在的楷字也非常像。

「戍」（ㄕㄨˋ）字和「戊戉戌」三字不同，「戍」在甲骨文中寫成「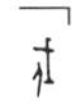」，整個字形像一個人站在戈旁，因此「戍」就是防守的意思。周代銅器文字寫作「」，到隸書、楷書寫成「戍」。「戍」，「戈」形的左下方是個「人」字，不能把「戍」字理解為「戊」中加點。

行書、草書中有時候會把「戊」字寫成「戉」，例如很多人把「茂」字寫成「」，這就把「戊」和「戉」字攪混了。

戊和戌一般都是用為干支字。例如：康有為和梁啟超的「戊戌變法」，發生在清光緒二十四年（西元一八九八年），用干支算法是屬於「戊戌」年，所以叫做「戊戌政變」。政變失敗後，滿清政府逮捕了不少戊和戌一般都是用為干支字；戉很少用，只當「鉞」、「越」的偏旁；戍用在和軍事有關的「戍守」事務。

精英分子，人民看到變法無望，要國家強盛，剩下革命這一條路。終於在十三年後的辛亥年，辛亥革命成功，推翻滿清，建立民國。

「戉」字很少用，在常用字中，一般只用做「鉞」、「越」的偏旁。鉞是一種皇帝用的高級大斧頭，所以「斧鉞」二字常常連用。「越」是廣東以南的一個地方，古樂府詩說：「胡馬依北風，越鳥巢南枝。」意思是：動物都會思戀故鄉，所以北方來的胡馬會向著北風吹來的方向，南方來的越鳥會在向南的樹上做巢。

「戍」字一般用在和軍事有關的「戍守」等事務。陸游詩說：「僵臥孤村不自哀，尚思為國戍輪臺。」意思是：我身體不好，僵臥在孤村中，心裡並不自哀，我還希望能為國家戍守新疆的輪臺呢！

相關詩文

陸游：「僵臥孤村不自哀，尚思爲國戍輪臺。」

55

己已巳

——己巳年早已過去了，今年是辛巳年

己：古代射箭時綁在箭上的絲繩。
巳：一般說像胎兒，但比較像蛇。
已：由「巳」分化出來，是一個假借字。

己、已、巳是三個長得非常像的字，簡直就像是文字中的孿生兄弟三胞胎，一不小心還真是會認錯。

「己」是古代射箭時綁在箭上的絲繩，所以它的字形繞來繞去，就像是絲繩的樣子，楷書只是寫得比較方正罷了。繩子只有一根，所以它的字形是「一根繩子通到底」，沒有繩頭岔出去。

「巳」字的說法很多，一般以為是像在母親肚子裡的胎兒，篆文寫成「」，還真有點兒像。另外有一個「包」字，本來的意思是母親懷孕，肚子大大的，把胎兒包在肚子裡，篆文寫成「」，看起來比「巳」字還要傳神。不過，依我個人的看法，「巳」是由像蛇的「虫」字分出

古代字少，很多意義沒有字來表示，就借一個同音字來寫，這就是假借字。

來的，在甲骨文中，「巳」字寫成「[illegible]」，比較像蛇，不像胎兒。

「己」、「巳」這兩個字，文獻中很少用它們本來的意思，古人用的大部分都是假借義。古代字少，有很多意義沒有字來表示，就借一個同音字來寫，這就是假借字。「己」和「巳」都被假借來寫天干地支，古人所創的天干有十個，分別是「甲、乙、丙、丁、戊、己、庚、辛、壬、癸」，地支有十二個，分別是「子、丑、寅、卯、辰、巳、午、未、申、酉、戌、亥」，把天干加地支，奇配奇、偶配偶，一組組排起來，從甲子、乙丑、丙寅、丁卯，依次類推，一共可以組成六十組，這就叫「一甲子」，古人拿它來記年、記月、記日、記時，合稱「八字」，可以推斷人的命運。

中國人用干支來記日，已經有三千年以上的歷史，從商朝的甲骨文到今天，干支記日從來沒有斷過，也沒有錯過，這真是令人驕傲的事。

漢代以後用干支記年，也有兩千年以上的歷史。戊戌政變、辛亥革命、庚子賠款，都是用干支記年，讓人很容易記得。

十二地支和十二生肖相配合，因為「巳」是由「虫」分化出來的，所以只要地支有「巳」的那一年就是蛇年。

「已」是由「巳」分化出來的一個字，因為古人沒辦法為「已經」的「已」造一個字，所以他們就借用同音的「巳」字來表示（古代「已」

和「巳」音近），所以「已」也是一個假借字。

但是古人很有意思，已經分化出一個「已」字以後，古人寫「已經」還是經常寫成「巳經」，這就像一個女孩子已經出嫁了，但還是三不五時喜歡跑回娘家，人總是戀舊的嘛！所以我們看到古書中古人把「已經」寫成「巳經」，不要以為那是寫錯字。但是身為資訊時代的我們，一切講求精確，就不好再那麼寫了。

56

沈沉——沈先生到沈陽觀光，沉醉在綺旎風光中

沈：中國人常見的姓，如：沈約、沈三白。
沉：「沒入水中」的意思，如：破釜沉舟、浮瓜沉李。

沈，音ㄕㄣˇ，是中國人常見的姓，如：沈約、沈三白、「四十年來家國，三千里地山河，鳳閣龍樓連霄漢，玉樹璚（音瓊）枝作煙蘿，幾曾識干戈？一旦歸為臣虜，沈腰潘鬢銷磨，最是倉皇辭廟日，教坊猶奏別離歌，垂淚對宮娥。」（南唐李煜詞〈破陣子〉）

沉，音ㄔㄣˊ，是「沒入水中」的意思，如：破釜沉舟、浮瓜沉李、「折戟沉沙鐵未銷，自將磨洗認前朝，東風不與周郎便，銅雀春深鎖二喬」。（李商隱詩〈赤壁〉，或以為杜牧詩）

「沈」和「沉」兩字應該怎麼區分呢？這兩個字看起來很像，意思也差不多，古今文獻的用法也很難區分，但是，有人卻很堅持它們有很

「沈」和「沉」本來是同一字，今天「沈」當作姓氏用，「沉」作「沉沒」義用。

嚴格的不同。這是怎麼回事呢？

其實，「沈」和「沉」本來是同一個字，而且「沈」是正字，「沉」是俗字。《說文解字》只有「沈」沒有「沉」。「沈」是一個形聲字，「水」旁，「冘（ㄧㄣˊ）」聲，本來的意思是「高地上的積水」，現在多半假借為「沈沒」的意思。「沈」和「冘」現在的讀音，韻母還是相同的，只是由於古今音變，所以聲母讀起來不太一樣，其實在上古，二者的聲母是幾乎一樣的。

漢朝的隸書，有時候因為筆順的關係，把「沈」字寫成「沉」，後再進一步簡省，就寫作「沉」了。

「沉」右旁像個「冗」字（仔細看，兩個字形並不完全相同）。冗，音ㄖㄨㄥˇ，意思是：多餘的、閒散的，如：冗長的演講、冗員太多。

把「沉」字的右邊寫成「冗」，是字形錯誤所致，既不合形聲字的規範，也不合會意字的要求，所以古人都說它是個俗字。這麼一個俗字，教育部卻把它列入「標準字」，這是為什麼呢？

教育部《常用國字標準字體表》「沉」字條下說：「與『沈』今意稍別，當並存。」《一字多音審訂表》1629號條下注：「依國字標準字體表『沈』、『沉』分開原則，『沈』取ㄕㄣˇ，『沉』取ㄔㄣˊ。」其分別很簡單：「沈」當作姓氏用，「沉」作「沉沒」義用。大概是中國人對姓比較重視，所以不肯把「沈」姓寫成「沉」，古人雖然沈沉不太分，但是作姓氏用的「沈」幾乎沒有寫作「沉」的。

「沈」本來是國名，出自周文王的第十個兒子聃（音ㄉㄢ）季，是赫赫有名、大有來歷的姓。歷代姓沈的名人也很多，沈約是南北朝時的大文豪，發明四聲八病，為近體詩的發展提供了重要的聲韻理論；宋代的沈括，是古代有名的科學家，著有《夢溪筆談》；清代的沈三白，寫的《浮生六記》膾炙人口；清末的沈葆楨曾受命加強臺灣防務，對臺灣的發展有重大的貢獻。

「沈」和「沉」本來是完全不分的，雖然教育部標準字規定要分，但是我們也要知道古書多半不分，我們不要因此以為它錯。大陸的簡化字規定「瀋陽」的「瀋」寫成「沈」，為本來已經有點麻煩的「沈沉」家族又多添了一點麻煩。

相關詩文

李煜〈破陣子〉：「四十年來家國，三千里地山河，鳳閣龍樓連霄漢，玉樹瓊枝作煙羅，幾曾識干戈？一旦歸爲臣虜，沈腰潘鬢銷磨，最是倉皇辭廟日，教坊猶奏別離歌，垂淚對宮娥。」

李商隱（或杜牧）〈赤壁〉：「折戟沉沙鐵未銷，自將磨洗認前朝，東風不與周郎便，銅雀春深鎖二喬。」

57 陟降徒徙

——腳的故事

陟降徒徙這四個字，都和腳有關。但是，由於右旁的腳組成的偏旁都有點兒像，所以造成了一些腳的迷惑。

「陟」的意思是「升」，甲骨文寫成「」，左邊是個「阜」旁，「阜」旁是古人住在地窖式的半穴居時，由地下爬上來所踩的「腳窩」（類似梯子）；右邊是個「步」字，也就是上面一隻左腳，一隻右腳，所以「步」的小篆會寫成「」，下半部只有三畫，楷字則一定要寫成「步」，不能寫成「步」（下半寫成四畫，是錯的）。

「陟」是兩腳由下往上走，「降」則是把「陟」字倒過來，兩腳由上往下走，所以「降」字的右邊是「」，像兩隻向下的腳，全字只有

陟：升，兩腳由下往上走。
降：「陟」字倒過來，兩腳由上往下走。
徒：步行。
徙：遷移。

六畫，不能寫成七畫。

「徒」字的意思是步行，它正確的寫法，小篆是「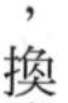」，換成楷字應該是「」，它是一個由形符「辵」和聲符「土」所組成的形聲字。漢朝以後的隸書把形符拆開，把左旁下半的「止」寫到右旁的「土」形底下，於是就成了一個四不像的怪字了。

「徙」的意思是遷移，它也是一個很特殊的四不像字，在赫赫有名的秦代睡虎地竹簡中，「徙」字寫成「」，它是個由形符「辶」和聲符「少」所組成的形聲字。所以在東漢末年的書法名碑〈石門頌〉中它寫成「」，右上的聲符「少」仍然可以看得出來，只是它和睡虎地秦簡一樣，把「少」的最後一斜筆寫成平平的橫筆罷了。後來大家漸漸認不得它的上面是「少」，以為「遷徙」一定要用腳，所以把右上的聲符「少」錯寫成字形很類似的「止」。因為連《說文解字》也錯成這樣，大家就這麼將錯就錯，一錯就錯了兩千年。

其實大家仔細想一想，就可以知道這種寫法的荒謬，「徙」字的右旁是兩個「止」，「止」是「左腳」的象形，兩個「止」就是兩隻左腳，有人能用兩隻左腳來「遷徙」嗎？

「徒」字右旁寫成「走」，其實「徒」並不從「走」；「徙」字右旁有點像「步」，但絕不是「步」。「竹杖芒鞋輕勝馬，一蓑煙雨任平生」，腳是人類最重要的器官之一，難怪它會組合成那麼多字，我們在寫字的時候不能不注意啊！

常見有關「徙」的成語如下：

曲突徙薪：看到煙囪下有柴火，就知道有一天會發生火災，最好先把柴搬開。

徙木立信：商鞅為了要建立政府的公信力，以及法律的權威，於是在城南門立了一根大木頭，宣布有人能把它移到北門的，獎賞五十金。結果真有人去移動，商鞅也真的賞他五十金，從此人民就相信政府玩真的，公權力也就建立起來了。

在這公權力解體，舉世短視近利的時代，這些成語是不是能給我們一些啟發呢？

58 複復覆

——比賽技巧雖然複雜，但只要反覆練習，就能光復失去的金牌

形聲字是漢字構成中最普遍的，由「形符」和「聲符」組成。「形符」表示意義類別；「聲符」表示讀音。

複、復、覆，三個字完全同音，因為它們都是形聲字，推究到最後，它們都是從「复（音ㄈㄨˋ）」得聲。因為形音義都相近，所以「復」字家族，有時還挺「複」雜的，一不小心就會讓人全軍「覆」沒呢。

要把「復」字家族弄清楚，必須對「形聲字」有點兒概念才行。

形聲字是漢字構成方式中最普遍的一種，它是由「形符」和「聲符」二部分構成的。「形符」表示這個字意義所屬的類別——「木」類的字就加「木」旁，「水」類的字就加「水」旁；「聲符」表示這個字的讀音，讀音接近「公」就加「公」聲，讀音接近「復」就加「復」聲。

很多形聲字的聲符也可以表示這個字的意義，這叫「形聲兼義」。

例如「皮」是外表，「波」是水的外表，「坡」則是土丘的外表。

西周以前，我們的祖先住的「處所」是一半在地下，一半在地上的「半穴居」，兩頭有通道，這就叫做「旨（音復，文獻中也可以直接寫成「復」）」，甲骨文寫作「」，中間像是所住的「半穴居」，頂端有泥土覆蓋，前後兩頭是出入的「復道」。《詩經・大雅・公劉》篇說到周文王的祖父太王為了逃避狄人的侵襲，帶著人民遷到岐山下，「陶復陶穴」——這就是文王帶著人民「蓋房子」的描述。

「旨（復）」是住所兩頭的通道，可以進，也可以出，所以「旨（復）」有來去、反複、重複的意思。從「旨（復）」得聲的字也大多有來去、反複、重複的意思。「旨（復）」是要用腳走的，所以又加上表示腳形的「夂（音ㄙㄨㄟ）」，就寫成了「复」，表示出入「復道」的意思。

「复」加上「彳（音ㄔ）」旁就變成「復」，「彳」是表示「行走」意義的偏旁，所以「復」是「往來」的意思。由這個意思出發，「復」比較強調「返回」、「重新回來」的意義。所以「光復」、「恢復」、「復興」都是失去之後，重新回來，再次擁有的意思。李白〈將進酒〉說：「天生我才必有用，千金散盡還復來。」錢用完了，再賺不就有了嗎？

「复」加上「衣」旁就變成「複」，意思是「重衣」，也就是兩層以复：出入「復道」的意思。
復：复＋「彳」旁，「往來」的意思，強調「返回」、「重新回來」。
複：复＋「衣」旁，「重衣」的意思，兩層以上的衣服，強調「重複」。
覆：复＋「襾」，「覆蓋」的意思是，東西上下反複。

上的衣服，不是單衣。由這個意思出發，「複」比較強調「重複」的意義。所以「複決」、「複雜」都有兩次以上、多、雜的意思。陸游〈游山西村詩〉：「山重水複疑無路，柳暗花明又一村。」山多水雜，就叫山重水複。

「复」加上「襾（音ㄧㄚˋ）」就是「覆」，意思是「覆蓋」，東西上下反複就是「覆」。漢代朱買臣微賤時被太太嫌棄，富貴以後太太想再回來，朱買臣很感慨地說：「覆水難收。」李泌〈長歌行〉說：「天覆吾，地載吾。天地生吾有意無，不然絕粒昇天衢，不然鳴珂遊帝都。焉能不貴復不去，空作昂藏一丈夫。」意思是：天生我才必有用，要嘛就絕食當神仙，要嘛就佩玉在天子身邊當大官，絕不能只是活著，毫無表現。真是豪氣干雲的一首好詩。

復、複、覆三字，古書雖有一些假借不分的，但近代一般的用法都還能分得清楚。一般人會攪混的，其實只有「復議」和「覆議」這兩個詞。

「復議」是指同一性質的人組成的會議，如對原項「決議」覺得有問題時，可以提出復議。但只有原決議時贊成的人才有資格提，復議通過的人數求比原決議的人數多，而且提復議的時間限在下次會議散會之前。簡單說，「復議」是自己人對自己的會議結果「再議」而已，所以用「復」。

「覆議」是指「立法院對行政院的重要政策不贊同時，得以決議移請行政院變更之，行政院對於立法院之決議得經總統之核可，移請立法院覆議」，或「行政院對立法院決議之法律案預算案條約案，如認為有窒礙難行時，得經總統之核可，於該決議案送達行政院十日內移請立法院覆議」。例如行政院決定核四停建，立法院得請行政院變更，而行政院如果不肯變更，經過總統許可，行政院可以請立法院「覆議」。但是「覆議」如果不成，行政院長就必須照案接受，或者下臺。簡單地說：這是對自己以外的單位，要求別人變更意見，是比較嚴重的議案。因為要改變別人的意思，所以用「覆」。

有點「複」雜？是不是？反「覆」思考幾遍，你就會豁然開朗了。

復議：自己人對自己的會議結果「再議」。
覆議：對自己以外的單位，要求別人變更意見。

相關詩文

李白〈將進酒〉：「天生我才必有用，千金散盡還復來。」

陸游〈游山西村詩〉：「山重水複疑無路，柳暗花明又一村。」

朱買臣：「覆水難收。」

李泌〈長歌行〉：「天覆吾，地載吾。天地生吾有意無，不然絕粒昇天衢，不然鳴珂遊帝都。焉能不貴復不去，空作昂藏一丈夫。」

59 虐雪

——暴風肆虐，雪上加霜

虐和雪的下半部非常像，但是卻剛好相反。因為一般人先學會寫雪字，所以常常有人把「虐」字的下半寫成跟「雪」一樣，變成一個「非驢非馬」的怪字。

先說「雪」字吧！晉朝時候，有一次天下大雪，大名鼎鼎的謝安（就是謝安石、謝太傅）跟子姪輩聊天，當時天空飄著雪，他於是出了一個題目說：「大雪紛紛何所似？」意思是：「大雪紛紛，像什麼呢？」姪兒謝朗說：「撒鹽空中差可擬。」意思是：「撒把鹽在空中，差不多就很像了。」這是個比喻，把優美的雪比喻成晶瑩剔透的鹽，其實已經很好了（蘇軾詩〈雪後書北台壁二首〉也用「不知庭院已堆鹽」來寫雪：甲骨文是「雨」＋「篲」（蘆荻類）；金文是「雨」，＋「又（手）」拿著「篲」；隸楷省略掃帚形，剩下「雨」和方正的「又」形。

虐：甲骨文字形是凶猛的老虎伸出爪子來抓人，殘忍的意思。

雪）。謝安的姪女——有名的才女謝道韞說：「未若柳絮因風起。」意思是：「不如說成像柳絮被風吹起吧。」這樣的比喻，把雪比喻成輕靈飄颺的柳絮，意象相近，比擬得更美！所以後世讚不絕口。這麼美的「雪」字，究竟是怎麼構成的呢？它的上半部是「雨」，我們可以理解；但是，下半部是什麼呢？

甲骨文「雪」字寫作「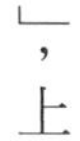」，上面是「雨」，下面是「篲」——這是一種像蘆荻類的草「王帚」，「篲」字當聲符用。金文偏旁中「雪」字寫成「」，上面是「雨」，下面是「又（手）」拿著「篲」，也就是手持掃帚。《說文解字》小篆寫成「」，和金文的字形一樣。漢代以後的隸楷把掃帚形省略，只剩下「雨」和「又」形，於是便成「從雨從又」的寫法，只不過「又」形寫得比較方正罷了。

「虐」字的下部和「雪」很像，但它們是完全不同的。《說文解字》說：「虐：殘也。從虍爪人。」意思是老虎伸出爪子來抓人，所以有「虐」的意思。這樣說，很容易讓人以為「虐」字底下也是手形，其實不是。「虐」字的甲骨文寫作「」，左邊是一隻凶猛的老虎伸出爪子，右邊是個「人」，整個字形就跟《說文》說的一樣。周代的金文寫成「」，右邊是個「虎」字，左下是個「人」字，但是「人」形已經訛變了。《說文》小篆寫成「」，便是承自金文，但是左下的「人」形

已經訛變成「爪」形了。

東漢名帖〈石門頌〉中「虐」字寫成「」，把「虎」形的下半省略了，左下的「人」形寫成「匕」，和現在隸楷的寫法就很像了。

白居易〈新樂府・杜陵叟〉寫剝削人民的酷吏：「剝我身上帛，奪我口中粟。虐人害物即豺狼，何必鉤爪鋸牙食人肉。」「虐」字本來就是老虎抓人，白居易說「虐人害物即豺狼」，非常符合「虐」字的本義。

相關詩文

謝道韞：「未若柳絮因風起。」

白居易〈新樂府・杜陵叟〉：「剝我身上帛，奪我口中粟。虐人害物即豺狼，何必鉤爪鋸牙食人肉。」

60

嫩嗽

——嫩玉抬香臂，冰斧漱寒泉

嫩：意思是幼小弱軟。
嗽：意思是咳嗽、漱口、吸吮。

「嫩」字不見於《說文解字》，音ㄋㄣˋ，意思是幼小弱軟。這個字本來應該寫成「嫩」，音ㄋㄨㄢˋ，左旁是個「女」，右旁是個「耎」（音ㄖㄨㄢˇ），意思是「美好的樣子」。後來聲音漸漸發生變化，讀成ㄋㄣˋ，意思也漸漸變化，變成「幼小弱軟」，於是字形也寫成「嫩」。但是，每個文字學家、每本字典都告訴我們，這個字是「俗字」，字形本來寫成「嫩」，而且，不管寫成「嫩」或「嫩」，都是一個沒有道理的字，它既不是會意字，也不是形聲，文字學家不知道它怎麼分析。

但是，這個字已經在社會上流行了一千多年，教育部《國字標準字體》也規定這個字應該寫成「嫩」，我們只好這麼遵守、書寫它啦！

「嫩」字在生活中很常用，皮白肉嫩、嫩豆腐、稚嫩等。在詩詞中，它用的尤其多。顧夐（音ㄒㄩㄥˋ）寫的〈遐方怨〉說：「嫩紅雙臉似花明，兩條眉黛遠山橫」，意思是：這位美女「嫩紅的雙臉像花一樣鮮燦，兩道青黛色的眉毛像遠山橫在臉上」，美吧！

路德延寫的〈小兒詩〉說：「嫩竹乘為馬，新蒲折作鞭」，意思是：「小兒子把嫩竹拿來當馬騎，把新蒲折下來當馬鞭」，多有意思！

「嗽」字也不見於《說文解字》，音ㄙㄡˋ，意思是咳嗽、漱口（音ㄕㄨˋ）、吸吮。它的左邊是個「口」，表示這是個和「口」有關的字；右邊是個「欶」（音ㄕㄨㄛˋ），表示「嗽」的讀音和「欶」相同，至於現在讀音不同，那是因為年代久遠，讀音漸漸變化的關係。

「嗽」本來的意思應是「吸吮」，所以它的右旁是「欶」，「欶」的意思就是「吸吮」，加個「口」旁不過是表示用口吸吮罷了。咳嗽、漱口，應該都是比較晚產生的引伸義。

「嗽」字現行的常用義是咳嗽，如白居易寫的〈自歎〉說：「豈獨年相迫，兼為病所侵。春來痰氣動，老去嗽聲深。」意思是：「我不只是年紀大了，而且被疾病入侵，春天到了就一直有痰，老來咳嗽越來越大聲。」人年紀大了，就是這麼無奈，為人子女的要好好珍惜老人家啊！

嗽玉、嗽金鳥，是古代傳說的珍禽異獸。

古代有一種仙獸叫「嗽（音ㄕㄡˋ）玉」，形狀像豹，飲金泉之液、食銀石之髓，夜裡噴白氣，光像月亮一樣，可以照到十幾里外。又有一種鳥叫做「嗽（音ㄕㄡˋ）金鳥」，魏明帝時，遠方昆明國所進貢，形狀像雀而色黃，羽毛柔密，餵以真珠，飲以龜腦，這種鳥常常吐出像小米一樣的金屑。一獸一鳥，吃得這麼美，真是令人羨慕。

用字正確，寫作就像嗽金鳥，口吐嫩金屑；老寫錯字，寫作就像老年的白居易，痰動嗽聲深。

相關詩文

顧敻〈遐方怨〉：「嫩紅雙臉似花明，兩條眉黛遠山橫。」

路德延〈小兒詩〉：「嫩竹乘爲馬，新蒲折作鞭。」

白居易〈自歎〉：「豈獨年相迫，兼爲病所侵。春來痰氣動，老去嗽聲深。」

61

恆桓

——持志以恆精且敏，齊桓晉文不足觀

恆：恆常、有恆的意思。「亙」在古代，就是「恆」的本字。
桓：古代郵亭的一種建築。

很多人把「恆」字寫成「恒」，這當然是個錯字。但，有趣的是，電腦的常用字中居然也有「恒」字，電腦中的標準字不是都遵照教育部的《國字標準字體表》製作的嗎？怎麼還會有錯字呢？大概是因為錯的人太多了，所以電腦不得不遷就這些人，為他們造了這個字。

恆，音ㄏㄥˊ，是恆常、有恆的意思。它的左邊是個「心」，表示和心的動作有關；右邊是個「亙」，這個字現在讀ㄍㄣˋ，但是在古代，它就是「恆常」的「恆」的本字，它的甲骨文寫作「」，字形像月亮在天地之間昇起，月亮以缺為常，所以畫一個缺月。《詩經．小雅．天保》：「如月之恆，如日之升。」這是很有名的祝福句子，它祝人像月

亮、像太陽一樣，每月每天都周而復始地昇起。多美好的祝福！

桓，音ㄏㄨㄢˊ，是古代郵亭的一種建築。這個字的左邊是個「木」，表示它是木頭做的；右邊是個「亘」，這個字也讀ㄏㄨㄢˊ，它在甲骨文中寫作「囘」，和「回」是同一個字，表示水中的旋渦，古代叫做「回水」。因為回水的水形是一直打轉，遶來遶去，所以凡是和環繞義有關的字，常常都用這個偏旁。例如「垣」（音ㄩㄢˊ）是圍繞起來的城牆。桓是古代郵亭的一種建築，它是一根豎起來的柱子，上面有向四周伸出的木頭，所以也用這個偏旁。另外，在一個地方遶來遶去，就叫「盤桓」。

樂府詩〈宛轉歌〉：「日已暮，長簷鳥應度。此時望君君不來，此時思君君不顧。歌宛轉，宛轉那能異棲宿。願為形與影，出入恆相逐。」寫一個多情的女子在想念他的情郎，最後兩句是說：「我希望和你像形與影一樣，出入總是相伴相隨。」多感人啊！

高適〈燕歌行〉：「身當恩遇恆輕敵，力盡關山未解圍。鐵衣遠戍辛勤久，玉箸應啼別離後。少婦城南欲斷腸，征人薊北空回首。」寫唐朝時候邊塞的戰爭之苦，是一首很有名的邊塞詩，首句的意思是：「（這位將軍）因為受到皇上的恩寵，因此總是那麼輕敵。」

《論語》：「齊桓公正而不譎，晉文公譎而不正。」意是思：齊桓公為人正派，不會用權謀；晉文公善用權謀，比較不正派。兩個人都是春秋五霸之一，但是後世的評價卻不太一樣。

「恆」和「桓」的右偏旁看起來不好分辨，其實並不難。我們只要記住：凡是尾音是「ㄥ」的就要寫「恆」旁，凡是尾音是「ㄢ」的就要寫「桓」旁。這不是很容易嗎！

相關詩文

樂府詩〈宛轉歌〉：「日已暮，長簷鳥應度。此時望君君不來，此時思君君不顧。歌宛轉，宛轉那能異棲宿。願爲形與影，出入恆相逐。」

高適〈燕歌行〉：「身當恩遇恆輕敵，力盡關山未解圍。鐵衣遠戍辛勤久，玉箸應啼別離後。少婦城南欲斷腸，征人薊北空回首。」

62

郎即

——郎騎竹馬來，早歲即相知

右邊的耳朵旁，本是「邑」旁，邑是都邑、城邑的意思。

郎和即長得很像，就像一對孿生兄弟，一不小心很容易認錯，寫出一個字典上找不到的怪字——「郞」。

郎，音ㄌㄤˊ，本來是古代的一個地名，它的右邊是個「耳朵旁」，大部分的字在右邊的耳朵旁，本來應該是「邑」旁，邑是都邑、城邑的意思，表示是個都邑；左旁是個「良」字，表示「郎」這個字的讀音和「良」相同或相近。後世「郎」字一般都指男生。

即，音ㄐㄧˊ，這個字的甲骨文寫成「」，它的左旁是個「皀」，音ㄍㄨㄟˇ，是「簋」的古字，也就是古代盛食物的食具，有點像「大碗公」，為了說明方便，我們以下稱這個偏旁作「簋偏旁」；右旁是個

即：甲骨文左旁是食具，右旁像跪坐的人，表示要就著食具吃東西。當動詞用，意思是「就」。

「卩」，音ㄐㄧㄝˊ，像一個跪坐著的人，這是古人的坐姿。整個「即」字像一個人跪坐在食具面前，表示要就著食具吃東西的意思。一般當動詞用，意思是「就」，如「即席」、「即位」、「可望不可即」等。

其他用到「皀偏旁」的字，如「食」，上面是個倒過來的「口」，下面是個皀偏旁，全字表示用口就著皀吃東西；「既」字左邊是個皀，右邊是個「旡」（音ㄐㄧˋ），意思是人在皀旁吃完了東西，把頭轉過去不吃了。

「皀偏旁」和「良偏旁」本來是完全不同的兩個字，但是在楷書中，有時它們卻有相混之處，例如「鄉」字，古金文寫成「」，像兩個跪坐著的人，面對面享用中間皀裡的食物，這個字其實也就是後世的「饗」。但是，它中間的「皀偏旁」卻寫成「良偏旁」，這就紊亂了「皀偏旁」和「良偏旁」了。

李白〈長干行〉：「妾髮初覆額，折花門前劇。郎騎竹馬來，遶床弄青梅。」第三句的意思是「我頭髮剛蓋到額的時候，折了花兒在門口玩。你這個小男生騎著竹馬來，遶著椅子把玩著青梅。」杜甫〈雜曲歌辭〉之三：「馬上誰家白面郎，臨階下馬坐人床。不通姓字粗豪甚，指點銀瓶索酒嘗。」意思是：「誰家騎著馬的白面郎，到階前下馬坐在人家的椅子上，非常粗魯地不報上自己的姓名，只是指著酒瓶要酒喝。」

以上兩個「郎」，一小一大，都是指男生。

劉商〈題道濟上人房〉：「何處營求出世間，心中無事即身閒。門外水流風葉落，唯將定性對前山。」意思是：「要到那兒找能出世的地方呢？心中沒有事就是一身悠閒了。不管門外的流水怎麼流、樹葉在風中怎麼落，我只是心性安定地對著門前的高山。」寫一個人只要心性安定，不管身在紅塵鬧市，仍然可以神閒氣定。「即」的意思就是「就」。

認識文字沒有別的捷徑，但是多認識文字的結構和本義，可以幫助我們更清楚地記得這些字。

相關詩文

李白〈長干行〉：「妾髮初覆額，折花門前劇。郎騎竹馬來，遶床弄青梅。」

杜甫〈雜曲歌辭〉之三：「馬上誰家白面郎，臨階下馬坐人床。不通姓字粗豪甚，指點銀瓶索酒嘗。」

劉商〈題道濟上人房〉：「何處營求出世間，心中無事即身閒。門外水流風葉落，唯將定性對前山。」

63

祇祗

——神祇何高明，幽蘭祗自薰

祇：讀ㄑㄧˊ，地下的神，能夠幫助萬物生長。讀ㄓ，與「只」相同。
祗：ㄓ，尊敬，又當「只」。

祇，音ㄑㄧˊ，《說文解字》說：「祇，地祇提出萬物者也。從示，氏聲。」意思是：祇是地下的神，能夠幫助萬物的生長。它是個形聲字，右旁是聲符「氏」。又讀ㄓ，意思是「但也」，意思大體和現代語體的「只」相同。

祗，音ㄓ，《說文解字》說：「祗，敬也。從示、氐聲。」「祗」的意思是尊敬。它是個形聲字，右旁是聲符「氐」（音ㄉㄧˇ）。它又可以當作「只」用。在這一層意義上，「祇」和「祗」的用法相同。

「祇」、「祗」二字，自古就亂成一團，尤其在作「只」用的時候，有些學者，如朱駿聲主張正確的字應該寫成「祇」，寫成「祗」是錯

「祇」、「祗」沒有嚴格區別，因「氏」、「氐」源出一家，孳生的字也關係密切。

的。有些學者，如張自烈則主張「祇」、「祗」二字根本就是一個字，《說文解字》分成兩個字是錯的。

這個難題可真複雜，我們到底要聽誰的呢？

我們不敢隨便說《說文解字》是錯的。但是「祇」、「祗」二字確實沒有那麼嚴格的分別。原因是「氏」和「氐」本來就是一家眷屬，從它們二者孳生出來的子子孫孫們當然也親親密密，來往頻繁啦。

從古文字來看，「氐」字是從「氏」字分出來的，因此在早期，「氏」和「氐」是有通用的例子，例如，在東周時代晉國有一件著名的「侯馬盟書」，這是晉國的一些大夫們在一起發誓詛咒的文件。其中「視察」的「視」寫成「⿰氏見」，也寫成「⿰氐見」。由此可見「氏」和「氐」本來就源出一家，二者難分難捨。

《重編國語辭典》正是採取這種態度的。《重編國語辭典》「祇」字有兩個讀音，在讀音「ㄓ」下，字典說：「正、恰、只。《詩經．小雅．何人斯》：『胡適我梁，祇攪我心』。《三國．魏．曹丕》：『多言寡誠，祇令事敗。』或讀為ㄓˇ。」在「祗」字讀音「ㄓ」下說：「適、謹、只。唐〈春江花月夜〉詩：『人生代代無窮已，江月年年祗相似。』」這樣的態度應該是對的。

唐代大詩人孟郊連生三子而都不幸夭折，韓愈因此寫了一首〈孟東野失子〉詩來安慰他：「失子將何尤，吾將上尤天。……上呼無時聞，滴地淚到泉。地祇為之悲，瑟縮久不安。……」意思是：失去孩子要怨誰呢？我要怨上天。……呼天天也聽不到，眼淚滴到地上，地神也為之悲傷，瑟縮不安。唐詩中「祇」也作「只」用，如李白〈塞下曲〉：「五月天山雪，無花祇有寒。」

「祇」字除了少數廟堂文學使用，作為「敬」義外，在唐詩中，絕大多數都用作「只」。例如岑參〈送李副使赴磧西官軍〉詩：「功名祇向馬上取，真是英雄一丈夫。」

特別要說明的是，當「只」用的「祇」、「祗」字，所有的字書注音都是一聲ㄓ，到了近代才有三聲ㄓˇ的讀法。國內中文電腦用注音ㄓ、ㄓˇ都可以查到這兩個字，但是用倉頡打這兩個字，卻只有ㄓ的讀音，這是受限於它的設計只顯示ㄓ一個音，我們千萬不可以因此受到誤導。

相關詩文

韓愈〈孟東野失子〉：「失子將何尤，吾將上尤天。……上呼無時聞，滴地淚到泉。地祇爲之悲，瑟縮久不安。」

李白〈塞下曲〉：「五月天山雪，無花祇有寒。」

岑參〈送李副使赴磧西官軍〉：「功名祇向馬上取，眞是英雄一丈夫。」

64

捐損

——秋扇忽見捐，玉容憔悴損

捐，音ㄐㄩㄢ，《說文解字》說：「捐，棄也。從手，肙聲。」捐的意思是拋棄。它是個形聲字，右旁是它的聲符「肙」。

「肙」的本義，目前還沒有定論，《說文解字》以為它是「小蟲」，它的上半是個「口」（讀圍，不讀口），表示小蟲「首尾相接，圓圓的」；下半是個「肉」，表示小蟲全身肉肉的，軟軟的。

損，音ㄙㄨㄣˇ，《說文解字》說：「損，減也。從手，員聲。」損的意思是減損。它也是個形聲字，右旁是它的聲符「員」。

「員」的意思是圓，它事實上就是「圓」的本字。「員」字的甲骨文寫作「」，下面是個「鼎」，因為在古人的生活所見中，最常見的圓

捐：抛棄。「肙」表示小蟲「首尾相接，圓圓的」。
損：減損。「員」就是「圓」的本字，最早寫作「○」，後來加「鼎」強調像鼎口一樣圓。

形物品就是鼎的口部，因此就把它當作圓形的代表。上面是個「○」，也是「圓」的本字。由此看來，圓的本字最早應該寫作「○」，後來加「鼎」形來強調像鼎口一樣圓，寫作「員」；再後來又在外面加「口」，就寫作「圓」了。

「捐」和「損」的字形長得很像，意思又有點類似，所以有些人，特別是小朋友在寫這個字的時候，一不小心就會弄錯。其實要記這兩個字並不難，因為它們都是形聲字，旁邊都是聲符。從「肙」的字很多，都讀作ㄐㄩㄢ，娟、鵑、涓、裾，而娟、鵑字都是我們所熟知的，因此「捐」字的旁邊當然也是從「肙」的嘍！

漢代班婕妤寫的名詩〈怨歌行〉：「新裂齊紈素，鮮潔如霜雪，裁為合歡扇，團團似明月。出入君懷袖，動搖微風發。當恐秋節至，涼飆奪炎熱，棄捐篋笥中，恩情中道絕。」意思是：「綢緞像雪一樣潔白，裁成像明月一樣的團扇。進進出出都在你的懷中，只要稍微動一下就有清涼的微風。（這時你對團扇是多麼好啊！）但是，只怕秋天一到，涼氣替換了暑氣，你就要把團扇拋棄到箱子裡，對它再也沒有恩情了。」這是一首以扇子比喻古代的女性，希望能夠得到丈夫永遠恩愛的詩。捐，就是拋棄。

捐字從肙，那麼不讀ㄐㄩㄢ聲的損當然從「員」嘍！

《論語．季氏》：「孔子曰：『益者三樂，損者三樂：樂節禮樂、樂道人之善、樂多賢友，益矣；樂驕樂、樂佚遊、樂宴樂，損矣。』」

意思是：「孔子說：『對人有益的喜好有三種，對人有害的喜好也有三種：喜好禮樂有節、喜好稱述別人的善處、喜好多交賢友，這都是有益的；喜好以驕恣為樂、喜好放蕩遊冶、喜好宴饗之樂，這都是有害的。』」損，就是損害。

相關詩文

班婕妤〈怨歌行〉：「新裂齊紈素，鮮潔如霜雪，裁爲合歡扇，團團似明月。出入君懷袖，動搖微風發。當恐秋節至，涼飆奪炎熱，棄捐篋笥中，恩情中道絕。」

《論語．季氏》：「孔子曰：『益者三樂，損者三樂：樂節禮樂、樂道人之善、樂多賢友，益矣；樂驕樂、樂佚遊、樂宴樂，損矣。』」

失之毫釐

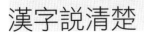

65

羨

——看到羊肉而流口水

羨，音ㄒㄧㄢˋ，意思是「因內心喜愛而渴望得到」。

羨，上面是個「羊」，下面是個「次」（音ㄒㄧㄢˊ），整個字的意思是「看到羊肉流口水」，這就叫「羨」。

羊肉是古今中外最受歡迎的肉類，古人非常喜歡吃羊肉，看到羊就代表吉祥，所以古人常常把「羊」字代替「祥」字，譬如「吉羊」就是「吉祥」。

宋朝人說：「蘇文生，吃菜根；蘇文熟，吃羊肉。」意思是說：把蘇東坡的文章讀熟，模仿成功之後，文章寫得好，能夠考上科舉，就有羊肉吃了；否則的話，就只能吃菜根。一直到今天，高雄羊肉爐、越南

古人常把「羊」字代替「祥」字，「吉羊」就是「吉祥」。

羨：上面是「羊」，下面是「次」，意思為「看到羊肉流口水」，也就是「因內心喜愛而渴望得到」。

東家羊肉爐、小羊排……都是最受人歡迎的美味。

「次」的左邊是個「水」旁，右邊是個「欠」字，甲骨文「欠」字寫成「」，像一個人張開大嘴巴，人張開嘴巴的目的不外是吃喝講話，因此在中國字中，偏旁「欠」表示的絕大部分都是和吃喝講話有關的動作。

「次」字由「水」和「欠」組成，表示的意思就是「口水」、「流口水」。這個字在漢代以後和「次」（音次）太像了，所以大家就改寫「涎」，不再寫「次」。

「羨」字由「羊」和「次」組成，要表示的意思就是「看到羊肉流口水」。一般人寫這個字，很容易把下部的「次」寫成「次」——其實這個字不是現代人才會寫錯，漢朝人就已經這麼寫了，古人和今人一樣會寫錯字。

羨慕，意思是「心中愛渴望」。羨，本來是對有形食物的欲望，慕是對抽象事物的思念；兩個字合起來就可以表示對一切事物的想望。

「臨淵羨魚，不如退而結網」，告訴我們，與其在水邊羨慕別人抓魚，不如趕緊回家編魚網，等魚網編好了，就可以抓到魚，有魚吃了。羨慕別人字寫得好，不如多看本書——看多了，就可以讀蘇文，蘇文熟，吃羊肉。

66

隆贛

——滔滔熾景開隆暑，雲散城頭贛石高

隆，很普通的一個字，但是仔細分析它的結構，卻沒有幾個人說得出來，難怪很多學生會寫錯。

在《說文解字》中，「隆」字是寫成「隆」的，《說文解字》分析它的字形是從生、降聲，其實這個解釋是錯的。隆在漢印中出現很多，都是寫成上「降」下「土」（隆，漢印徵・張隆），因此它是從土、降聲，意思是：土地隆起。引伸為一切的隆起。「降」右下豎筆的下端和「土」中豎畫的上端連在一起，就變成我們今天寫的「隆」字了（隆，羅布卓爾・漢簡，隆，東漢・石門頌）。

從俗文字學的角度來說，「隆」字的右下是「一生」，這表示我們俗文字學的觀點，指用不正確的字形分析來說字，如：馬頭人為長、人持十為斗。

俗文字學角度，「隆」字右下是「一生」，表示要「一生興隆」。江西簡稱贛，江西境內有章水、貢水，贛字就是左章右貢，貢上加個「夂」。

要「一生興隆」，千萬不要只寫「生」，少寫「一」喔。

贛，音ㄍㄢˋ，這個字的寫法也很複雜，《說文解字》的解釋也很複雜，因為《說文解字》的解釋也不怎麼正確，所以我們就不引它吧。

其實，贛字本來的寫法是很簡單的，在周代它寫作「⿰章丮」（，西周早．庚嬴鼎），左邊是個「章」（玉璋），右邊是個「丮」（音ㄐㄧˇ，像兩手捧東西的樣子），整個字表示一個人手捧著玉璋，要送給別人，因此「贛」的意思是「賜予」。後來，這個字的右邊錯成「次」（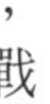，戰國．楚天卜），西漢時代又把「次」字由左右排列寫成上下排列的「夂」，其下方的兩橫和「貝」合在一起，字形和「貢」字很像，久而久之，「贛」字的下方就寫成「貢」了。

從俗文字學的觀點來說，江西簡稱贛，因為江西境內有章水、貢水兩條河聚在一塊兒，所以贛字就是左章右貢，貢上再加個「夂」罷了。

俗文字學的觀點，是指用不正確的字形分析來說字。例如漢朝人說「馬頭人為長」，意思是：長字是個人形加上馬頭。「人持十為斗」，意思是：斗字是人加上個十。大陸在進行各種政治運動的時候，為了要強調婦女的力量很大，於是用婦的簡體字「妇」創造了一句口號：「婦女力大推山倒。」因為婦的簡體字的右邊正是個橫寫的「山」字。這就是俗文字學的觀點。

67

曳洩拽

——拖曳洩露，東扯西拽

曳，一個長得很奇怪的字。它的樣子跟「戈」有點像，其實，不像也就罷了，就是因為有點像又不太像，所以老是讓人寫錯。

像「戈」的字，都是右上有點，左下有沒有撇倒是沒什麼關係。如：弋、戊、戌、戍、戉、戒、彧等。偏偏就這一個「曳」字，右上沒有點，害得有些小朋友每次不是寫成「曵」、就是寫成「电」——其實，大朋友、老朋友也常常寫錯喲！

不單是「曳」，「曳」所生的字子字孫——洩、拽等，也一樣讓人迷迷糊糊，寫成一大堆奇怪的模樣。

怎麼辨呢？沒關係，這裡專治文字國度的疑難雜症，看完馬上豁然曳：「拽」的本字，有拉長的意思。

「曳」比較像文言文，「拽」比較像白話文。

開朗，胸有成竹了。

曳，音一ˋ，甲骨文寫成「」，鐘鼎文寫成「」，字形像兩隻手「拽」著一個人。戰國時代寫成「」，上面的兩隻手再靠攏些，就變成像「曰」形，整個字跟隸書、楷書的寫法就很接近了。

「曳」其實就是「拽」的本字。拽著拽著，就會拉長了，所以「曳」有拉長的意思。「棄甲曳兵」就是打敗仗，丟了甲、拖著兵器逃走，多丟臉！「臨風搖曳」是指隨著風搖擺，多美！「曳光彈」是射出去後會發光的信號彈，可以通知人們一些信息。古人沒有曳光彈，他們就用火箭、響箭、烽火等聲光設備來傳達，效果和現代的曳光彈很接近。

「曳」後世被借去當做「須臾」的「臾」，於是加提手旁作「拽」，「東扯西拽」、「拖鎗拽棒」，用法其實和「曳」是一樣的。只是「曳」的感覺比較像文言文、「拽」的感覺比較像白話文。

「曳」加水就變成「洩」，也就是水被某種力量拉長了。「洩露天機」、「洩洪」、「水洩不通」，這都是我們常用的詞語。

李白的〈雜曲歌辭．行路難〉說：「彈劍作歌奏苦聲，曳裾王門不稱情。淮陰市井笑韓信，漢朝公卿忌賈生。」意思是說李白這個懷才不遇的人「彈著劍唱著歌，像馮驩一樣，歌聲充滿了淒苦，卻不能合那些長裙曳地的王門的心意。感覺就像漢朝的韓信被市井流氓恥笑，賈誼被滿朝的公卿忌妒。」多淒苦！

杜甫的〈臘日〉詩：「臘日常年暖尚遙，今年臘日凍全消。侵陵雪色還萱草，漏洩春光有柳條。」意思是：往年的臘日（農曆十二月初八）離天暖還早，今年的臘日冷的感覺全部消失了。遠處覆蓋山頭的雪漸漸融化，露出了萱草，柳條也不甘寂寞地趕著把春天的光景洩露出來。」多美的一幅臘日圖！

看完以上的介紹，對這麼常用的「曳」字，完全瞭解了吧！

相關詩文

李白〈雜曲歌辭．行路難〉：「彈劍作歌奏苦聲，曳裾王門不稱情。淮陰市井笑韓信，漢朝公卿忌賈生。」

杜甫的〈臘日〉：「臘日常年暖尚遙，今年臘日凍全消。侵陵雪色還萱草，漏洩春光有柳條。」

68

伸申

——搦筆申壯志，佳作伸雅懷

申：從甲骨文來看，是電的本字，像閃電時電光屈折的形狀。
伸：伸展。

申，音ㄕㄣ，《說文解字》說：「申，神也。七月陰氣成體自申束。」這個意思講得不太好，所以現在的文字學家都不接受許慎的講法。從商代的甲骨文來看，「申」字就是電的本字，它寫作「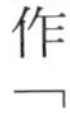」，像閃電時電光屈折的形狀，是個象形字。

伸，音ㄕㄣ，《說文解字》說：「屈伸。」意思是：伸展。它是個形聲字，從人、申聲。

這兩個字看起來意義相去很遠，應該不會有什麼混淆吧！很不巧，在典籍中，很多後人認為該寫成「伸」字的地方，古人都寫成「申」，舉例來說，漢朝桓寬寫的《鹽鐵論》中說：「安得鼓口舌，申顏眉？」

典籍中，有「引申」與「引伸」。古代字少，常用假借，後來造了本字，仍兼用原來的假借字。

意思是：怎樣能夠盡情發表言論，舒展容顏？教育部《重編國語辭典》以為「申」通「伸」，這是對的。

又例如，從一個意思推到另一個意思，這種現象叫「引申」，這個詞中的「申」字，其實是「延伸」的意思，因此如果嚴格地以現代人的用法來看，這個詞應該寫成「引伸」。但是，我們看古人寫的文章，忽而作「引申」、忽而作「引伸」。用這個詞最多的人之一是段玉裁，在他所寫的《說文解字注》中就是忽而作「引申」、忽而作「引伸」。可見得古人認為這沒有什麼不可以。

造成這個現象的原因是：古代字少，所以很多字最早都是用假借字，後來雖然造了本字，但是大家還是習慣兼用原來的假借字。

根據可靠的考古文字材料，東漢以前還看不到「伸」字，所以段玉裁在《說文解字》「伸」字下注說：「疑此字不古。……古或用申為之，本無伸字。」這個看法應該是可信的。因此，東漢以前沒有「伸」字，所有後世寫成「伸」的地方，當時都寫成「申」。後世有「伸」字以後，凡是伸展、延長等意義都用「伸」。但是這之前古人所寫的文獻已經存在那兒了，所以「申顏眉」、「引申」等詞，後人當然可以堂而皇之地繼承沿用囉。

杜甫〈兵車行〉：「長者雖有問，役夫敢申恨。」意思是：長者雖然關心地問，但是被征調的役夫那敢申述心中的怨恨呢？

柳宗元〈跂烏詞〉：「城上日出群烏飛，鴉鴉爭赴朝陽枝。刷毛伸翼和且樂，爾獨落魄今何為。」意思是：城上烏鴉在日出時都爭著到陽光下刷毛伸翅，快快樂樂的，你為什麼獨獨要落魄不快呢？

最後，我們根據《重編國語辭典》，把常見用到這兩個字的詞列在下面：申報、申請、申明、申述、申論、申誡、申（伸）冤、三令五申；伸展、伸手、屈伸（申）、伸懶腰、伸張、伸縮、延伸、引伸（申）。古人混用不別，典籍常見的，我們用括號來表示，意思是：用括號中的字也可以。大體上以語言文字來申述的，用「申」字，其餘的伸展義用「伸」字。

二者區別：以語言文字來申述的，用「申」；伸展義用「伸」。

相關詩文

杜甫〈兵車行〉：「長者雖有問，役夫敢申恨。」

柳宗元〈跂烏詞〉：「城上日出群烏飛，鴉鴉爭赴朝陽枝。刷毛伸翼和且樂，爾獨落魄今何爲。」

69 布佈

——布衣卿相，佈告天下

布：紡織品，後來只要樣子或功能接近、攤開、散在廣大地區、把東西擺出，都可稱「布」。

布，音ㄅㄨˋ，《說文解字》說：「枲織也。從巾，父聲。」意思是：麻織品。宋朝以前中國沒有棉花，一般的布主要是用麻織成的。它是個形聲字，上部是聲符「父」。

「布」本來的意思是麻織品，後來一切紡織品都叫布，綿、絲織的也都叫做布。甚至於不是織的，但是只要樣子、功能跟布接近的，也可以叫做布，例如：不織布（「不織布」和「非肥皂」一樣，都是很有趣的詞）。甚至於完全跟紡織品的功能無關的，也可以叫「布」，例如：「瀑布」，因為它的形狀也像「布」。

織布時布一定是攤開的，所以攤開也可以叫「布」，凡是攤開讓大宋元以後，布告、宣布、布置，和穿的東西無關，加上「人」旁，表示動作。

家看到、知道，都可以做「布」，如：「布告」、「宣布」就是「公開告訴大家」；「發布」就是「公開發表」；「頒布」就是「公開頒發」。

公開就會散在廣大的地區，所以散在廣大的地區也叫「布」，如：「烏雲密布」就是「濃密的烏雲散在廣大的地區」。

把東西擺出來也叫「布」，如：布置。

《說文解字》沒有「佈」字，可見得它是個比較晚產生的字。

宋元以後，大概有人覺得「布」是名詞，應該是穿在身上的東西，布告、宣布、布置這些詞，和穿在身上的東西無關，所以加上「人」旁，表示是人的一種動作。從此以後，除了穿在身上的紡織品外，其他「布」字差不多都可以寫成「佈」，你宣布你的，我發佈我的，從此天下大亂，莫衷一是。

其實這本來也沒有什麼不可以，凡是有歷史、有文化的國家，都會有很多這種令人驕傲的歷史包袱。現代社會講求效率，什麼東西都要求標準化，但是，人本來就是不能標準化的東西，任何有趣的東西都不能標準化，全都標準化了，人生還剩多少趣味？

但是，不講究趣味，而講求精確、效率的地方，就比較要求標準化了，例如法律用語，因為它關係重大，一字千金，所以最好能夠有一個比較統一的規定。因此，教育部《重編國語辭典》「布」字條下說：

若要標準化，幾乎用「佈」的詞都可換成「布」。

「今法律用語則規定公布、分布、頒布用『布』不用『佈』。」這是相當合理的，因為這幾個詞都是比較有歷史的，千年來古人都寫「布」不寫「佈」，我們承襲不改，其實是最聰明的。進一步說，幾乎所有用「佈」的詞都可以換成用「布」。

顧況〈送友失意南歸〉說：「鄰荒收酒幔，屋古布苔茵。不用通名姓，漁樵共主賓。」意思是：「（你回到家鄉後看到）鄰舍已經荒蕪，酒簾也收起來了；房子古舊，布滿了青苔。大家見了面都不用彼此說姓名，和漁人樵夫都是好朋友。」這麼美的詩，不需要把「布」字改成「佈」吧。

相關詩文

顧況〈送友失意南歸〉：「鄰荒收酒幔，屋古布苔茵。不用通名姓，漁樵共主賓。」

70

坐座

——如坐春風，滿座生香

坐：楚文字寫成一個人坐在土上，秦文字寫成兩個人跪坐土上，就是今天的「坐」形。
座：「坐」加「广」部，表示在室內設座。

坐，音ㄗㄨㄛˋ，《說文解字》說：「㘸，止也。從留省，從土。土所止也，此與留同意。坐：古文㘸。」《說文解字》小篆的字形其實是錯的，「坐」字上部不能寫成「卯」，「坐」字和「留」字也完全沒有關係。戰國時代的楚文字「坐」字寫成「」，像一個人坐在土上（古人沒有椅子，坐時是在地上擺個薦子，然後用像跪的方式來坐）。到秦文字中才寫成兩個人跪坐在土上，也就是我們今天寫的「坐」形。

「座」出現於東漢，算是比較晚出現的字。加的「广」部，表示在室內設座。「座」和「坐」的意義本來是一樣的，但是後世習慣把動詞寫成「坐」，把名詞寫成「座」。例如《水滸傳》：「我行不更名，坐不後世習慣動詞寫「坐」，名詞寫「座」。

改姓。」《平妖傳》：「坐吃山空，立吃地陷。」坐收漁人之利、坐山觀虎鬥、坐以待斃、坐臥不安等，「坐」都是動詞義。

高朋滿座、對號入座、十二星座、一座皆驚等，「座」的意思都是名詞義。但是，早期的文獻並不嚴格區分，例如孔融常說他最喜歡的是：「坐上客恆滿，尊中酒不空。」沒想到連這樣只是喜酒好客，都會受曹操忌憚，最後終於被曹操害死。「坐上客」，在很多文獻中都寫成「座上客」，看來古人是不太區分的。

又如「後坐力」，指的是槍砲射出時產生使槍桿或砲身往後退的力量，「後坐」的「坐」是個動詞，因此它應該寫成「坐」。但是，幾乎所有的字辭典都寫成「後座力」。照理說，「座」是要分擔「坐」的名詞義所產生的一個後起義，名詞的座可以寫成坐，但是動詞的坐應該不能寫成座。「後座力」一詞明顯地犯規，應予糾正。只是語文是約定俗成的，大家都這麼寫，我們也只好接受，除非英明的政府起來用公權力做沒有必要的導正。

白居易〈琵琶行〉末六句：「感我此言良久立，卻坐促弦弦轉急。淒淒不似向前聲，滿座重聞皆掩泣。座中泣下誰最多，江州司馬青衫溼。」〈琵琶行〉是一篇非常精采的好詩，最後六句說：「琵琶女被我這些話感動，站立了很久，退回去坐下來，重新彈起琵琶，琵琶聲越發地急促。聲音淒淒地跟剛才彈的不同，滿座的客人聽了都掩面落淚。座中落淚最多的是誰？那就是我江州司馬白居易，連青衫都沾滿了淚水而變溼了。」詩句中「坐」和「座」字同時出現，用法不同，是很好的例子。

「坐」還有三個比較特殊的用法，一是「因事受罪」，如「連坐法」，就是同夥一人犯罪，其他人要一起受罪。二是「因為」，杜牧詩「停車坐愛楓林晚，霜葉紅於二月花」，意思是：「我停下車子，因為我喜愛傍晚楓林的美景，秋天的楓葉比二月花還要紅」。三是「徒然」，李白詩「坐愁紅顏老」，意思是「徒然發愁，使得紅顏變老」。這三個意義現在比較少見，但是古代詩詞文章中常見，讀古典詩詞文章時要特別注意。

注意！「坐」另有三個特殊的用法。

相關詩文

白居易〈琵琶行〉末六句：「感我此言良久立，卻坐促弦弦轉急。淒淒不似向前聲，滿座重聞皆掩泣。座中泣下誰最多，江州司馬青衫溼。」

杜牧：「停車坐愛楓林晚，霜葉紅於二月花。」

71

畫劃

——雁群劃過天空，形成絕美圖畫

畫：原始意義不是畫圖，而是「畫田界」。

畫，音ㄏㄨㄚˋ，《說文解字》說：「畫，界也。從聿，象田四介，聿所以畫之。……劃：亦古文畫。」意思是：畫，是畫田界。

「畫」字最原始的意義其實不是畫圖喲！它最原始的意義居然是畫田界？這要怎麼說呢？

原來世界幾個最重要的古文明都發源於大河旁。這條河不能太小，太小了，養不起太多的人口，孕育不出足夠的人才，當然也就發展不出傲人的文明。但是，河大了以後，很容易就會氾濫。這就是古文明中常常有的洪水傳說的由來。

中國文明重要發源地之一是黃河流域，這條黃龍的脾氣老是令人捉銅器銘文中「畫」：筆（上）＋圓規（中）＋田（下）。

為強調用刀畫，在右邊加「刀」旁作「劃」。

摸不定，動不動就氾濫。大禹的父親就為了治黃河沒治好，而被用刑。到了大禹，為了治水，在外奔波十三年，三過家門而不入，這才把黃河治好。

為了治河，一定要有很多測量儀器和知識，西周中期銅器銘文中「畫」字寫作「」，最上面是一支筆，是記錄田界之用；中間是一支圓規，是丈量田界之用；底下是個田字，表示「畫」字確實是「畫田界」。西方人都說，埃及人因為尼羅河年年氾濫，洪水過後要丈量田地，所以發明了幾何學。從中國字的「畫」來看，中國人肯定也在很早的時候（至少在大禹時），已經有了很成熟的幾何學了。

「畫」由畫田界引伸為畫一切東西，包括用筆畫、用其他物品畫，甚至於用「刀」畫。為了強調用刀畫，所以在「畫」字的右邊加個「刀」旁作「劃」。《說文解字》把「劃」字當作是「畫」字的古文，是有道理的。

由此看來，「畫」和「劃」應該是同一個字。但是，後世人們使用這兩個字時，漸漸地把「圖畫」義、名詞義多用「畫」字；把「規劃」、動詞義多用「劃」，但是在古籍中表現的情形很不一致。有人把兩個字分得很清楚，有人則不太區分。我把教育部重編《國語辭典》仔細查了一下，在詞條中，「計畫」、「規畫」、「畫一」這三個詞，也可以後世把「圖畫」義、名詞義多用「畫」字；把「規劃」、動詞義多用「劃」，但區別並不嚴格。

寫作「計劃」、「規劃」、「劃一」。至於「策劃」一詞，詞頭不收，只收「策畫」，但是在解釋的文字中，共有五十七條用到「策劃」。可見得，「畫」和「劃」的區別並不是那麼嚴格的。

劉禹錫〈雜曲歌辭〉（一題僧齊己〈苦熱行〉）詩：「離宮劃開赤帝怒，喝起六龍奔日馭。下土熬熬若煎煮，蒼生惶惶無處處。」意思是：秦始皇出巡，劃開了劉邦的怒氣，劉邦因此起而革命，漢朝取代了秦朝。因為秦末到處像火燒，人民驚惶地沒有地方可以安居。

杜甫名詩〈詠明妃〉的後半說：「畫圖省識春風面，環珮空歸月夜魂。千載琵琶作胡語，分明怨恨曲中論。」意思是：由畫圖可以看得出王昭君的春風美貌，但是她卻不幸地遠嫁到胡地，只能在死後靈魂回故鄉。千年之後的琵琶都在說著胡語，這不就是傾訴著王昭君的怨恨嗎！

相關詩文

劉禹錫〈雜曲歌辭〉：「離宮劃開赤帝怒，喝起六龍奔日馭。下土熬熬若煎煮，蒼生惶惶無處處。」

杜甫名詩〈詠明妃〉：「畫圖省識春風面，環珮空歸月夜魂。千載琵琶作胡語，分明怨恨曲中論。」

72

峰

——橫看成嶺側成峰，遠近高低各不同

峰，音ㄈㄥ，意思是高而尖的山頭。這麼常用而簡單的字，有什麼好談的呢？

別急，這麼常見的字，也仍然有很多問題。我們常常看到「峰」字被寫成「峯」。有一次，我問一位「社會人士」為什麼要把「峰」字寫成上下排列？他非常嚴肅地告訴我：

山要高，山要在上面才能高。山寫在旁邊，又偏又矮，成什麼峰？

這句話說得大義凜然、含義雋永，令人再三玩味，彷彿當頭棒喝，發人深省！原來社會人士看字，其中還含有很多深刻的哲理呢！

其實問題沒有那麼複雜。漢字起源於六千年以前，起先只是一些圖

漢字源起六千年前，先是圖畫和符號，沒有嚴格規定。字可以向左、向右、橫躺、豎站，十分自由。

畫和符號。先民畫圖，並沒有規定怎麼畫，所以商代甲骨文的寫法，真是非常自由。一隻老虎的「虎」，可以向左、也可以向右；可以橫著躺、也可以豎著站，真是快樂得不得了。

商代任何字都可以左右反寫，只有「左（寫成𠂇，本像左手，代表左邊）」、「右（寫成又，本像右手，代表右邊）」這兩個字不可以！喔，不，商朝人連左右都有反寫的，有趣吧！同樣的，很多字都可以上下反寫，只有「上」、「下」這兩個字絕對不可以。

偏旁結構也一樣自由得不得了。同一個字的偏旁左右對調、上下對調，悉聽尊便。戰國時代，秦國力行法治，好像很多事物的規定都比較嚴格，秦始皇統一天下以後，「書同文，車同軌」，好像大家不可以再亂寫字了，事實上並不是這樣。秦國文字不但上下左右仍然很自由，甚至於把一個偏旁藏在其他偏旁的左下角或右下角，創造出一種很有趣味的結構，例如秦文字可以把「璧」字寫成「辟」、把「地」字寫成「[illegible]」。這種結構法一直保持到楷書，例如「在」字本來應該寫成「杜」，楷字把「土」旁藏在「才」旁的右下角；「雜」字本來應該寫成「襍」，楷字把右下的「木」旁移到左邊的「衣」旁下。

繼承這個傳統，周代到魏晉南北朝，大家寫字也都很自由，就像遠古一個農夫唱的歌：「帝力於我何有哉！」「峰」字的「山」部可以在從周代到魏晉南北朝，寫字仍很自由，偏旁往往可以上下左右對調。

上、也可以在下，大家隨便寫，人人都認得。

類似的例子很多，例如「棋」字有人寫成「棊」，這個字和宏碁電腦的「碁」其實是一個字，棋子是木做的就寫木，是石做的就寫石。

又如「拿」有人寫成「舒」，傳說李鴻章到日本談和，伊藤博文出了一副上聯說：「琴瑟琵琶八大王，王王在上，單戈作戰。」李鴻章不加思索便對出下聯：「魑魅魍魎四小鬼，鬼鬼居邊，合手為舒。」拆字對拆字，合字對合字，以「合手為舒」對「單戈作戰」，對得真是天衣無縫、妙手天成。

相關詩文

「琴瑟琵琶八大王，王王在上，單戈作戰。」

「魑魅魍魎四小鬼，鬼鬼居邊，合手爲舒。」

73

飆

——飆車族在公路上狂飆，有如飆發電舉

三個相同偏旁組合在一起的字，新意義是原來的擴大，如：磊、焱、犇、麤、猋。

飆，音ㄅㄧㄠ，是一個形聲兼會意字，右邊是「風」，表示是一個和風有關的字；左邊是「猋」，表示這個字要讀成和「猋」一樣的聲音，同時這個字的意義和「猋」也有很密切的關係。一般人容易把它寫成「飈」，左邊錯成「焱」。

「猋」和「焱」是完全不同的字。中國文字有一種結構是把三個相同的偏旁組合在一起，產生的新意義是原來那個偏旁字義的擴大。例如：

磊，音ㄌㄟˇ，意思是石頭很多。

焱，音ㄧㄢˋ（本音ㄧㄢˊ，今音多讀為第四聲），意思是火燄盛大。

飆：形聲兼會意，風+猋，所以是「風像群犬狂奔一樣地狂吹」，引伸為一切速度很快的動作。

犇，音ㄅㄣ，表示牛群亂奔，同「奔」。

麤，音ㄘㄨ，意思是鹿群狂奔，跑得又快又遠，因為鹿群狂奔時比較雜亂，所以又有粗亂的意思，同「粗」。

猋，音ㄅㄠ，意思是群犬疾奔。

「飆」字從風從猋，所以意思是「風像群犬狂奔一樣地狂吹」，引伸為一切速度很快的動作都可以叫「飆」。如：

「迅雷飆風」指迅速的雷和風。

「飆舉電至」指像狂風雷電一樣迅速而猛烈地來到。

《老子》說：「飄風不終朝，驟雨不終日。」意思是暴風不會吹一整個早上，暴雨不會下一整天。「飄風」其實應該寫成「飆風」。

「飆」字在已往很少用在正面的事物上，甚至於常常是用在負面的事物上。但是，最近十來年它的意義卻有了微妙的轉變。陳總統在當臺北市長的時候，辦過「飆舞」活動，效果很好。後來各方開始仿效，於是「飆歌」、「飆戲」、「飆X」……等詞相繼出籠，「飆」字從此有了「無拘無束，全力演出」的意義——當然，這批「飆」字家族不能包括「飆車」，「飆車」仍然是屬於不好的行為。

馬市長在競選台北市長的時候，助選團之一是「飆孩子」，因為馬市長的名字是「馬英九」，在很多漢語方言中「九」和「狗」是同音的，所以馬市長特別喜歡「狗」，「狗」就是「犬」，助選團因此利用這一層諧音關係，用了一個有三個狗的「飆」字，設計了「飆孩子」，希望年輕人都能和馬市長一樣「無拘無束，全力演出」。

至於「焱」字，只有火燄盛大的意思，讀音、意義都和「猋」不同，不宜混為一談。早年有位駕機投奔自由的反共義士叫范園焱，所以年紀比較大的人對這個字都不陌生。另外從「焱」的常用字還有「燊」，音ㄕㄣ，意思是花草樹木長得很茂盛。

知道「猋」和「焱」的不同之後，我們就不要再把「飆」字寫成「飇」了吧，免得讓老師錯字看多了，那一天老師受不了會「發飆」喲！

相關詩文

《老子》：「飄（飆）風不終朝，驟雨不終日。」

74

糗？醜？

——在這麼多人面前出醜，真是糗大了

糗：本義是乾糧，新義為出醜，是「假借」的表現方式。

糗，音ㄑㄧㄡˇ，《說文解字》說：「糗，熬米麥也。從米，臭聲。」意思是：把米、麥乾煎熟，也就是炒大米、炒麥子。要吃的時候，只要用水一泡就可以了。看來，這就是現代「速食包」的老祖宗呢！它是個形聲字，右旁是聲符「臭」。

「糗」在古代是很常見的食物，《孟子．盡心下》說：「舜之飯糗茹草也，若將終身焉。」意思是：當舜啃著乾糧、吃著野菜的時候，似乎終身就要這麼過了。

「糗」在現代有一個新意義，那就是出醜。有個媽媽跟小孩說：「這是張阿姨，叫張阿姨。」小孩說：「就是你說的那個，每次都在背

𩈎䩒：面醜。

後講別人壞話的張阿姨嗎？」這句話一出來，媽媽可真是糗大了。

因為「糗」的本義是乾糧，沒有出醜的意思，所以有人認為「出醜」的意思應該用「䩒」，這個字的讀音和「糗」一樣，但是它出現的時間很晚，而且沒有單獨使用的，它都出現在「𩈎䩒（ㄧㄠˇ ㄑㄡˇ）」這個詞裡，宋代的《集韻》說這兩個字的意思是：「面醜。」面醜和出醜意思不一樣，歷代文獻中似乎也還沒有看到把「䩒」當「出醜」解釋的，所以這個說法大概不可從。

其實，「出糗」是一個很晚出現的詞，在我讀中學的時候才開始聽到，所以最先寫這個詞的人用「糗」來表示，大家接受之後也就習焉不改了，這就是傳統中國文字學中「假借」的表現方式。

現在社會上又出現了很多新的假借詞，例如「ㄅㄤˋ」，這個音表示的意義跟「棒」很接近，但是又比棒還要棒，這個新的詞好像還沒有很好的字來表示，所以大家還是用注音來寫它。

又像「哈韓風」、「哈日風」的「哈」字，很多上了年紀的人可能還不知道它是什麼意思呢！我曾經「不恥下問」地問我的學生，他們說「哈」的意思跟「迷」很接近，但是又比迷還要迷。哈，哈！我又學會了一個新詞。

我接著又問：「這個詞是怎麼產生的呢？」有人說來自英語的 hot

新的假借：ㄅㄤˋ、「哈日風」的「哈」、「作秀」的「秀」、表情很酷的「酷」、「凍蒜」。

（熱中），有人說來自閩南語。誰說的對呢？哈！哈？只有天知道，因為沒有一本詞典會說明。

新的詞彙不斷產生，造字、造詞的速度跟不上，所以寫文章的人臨時用同音字來替代，這種現象累世不絕。我們已經熟知的「作秀」的「秀」來自英語的 show、表情很酷的「酷」來自英語的 cool，大概不會有人主張「作秀」要寫成「作繡」、表情很「酷」要寫成「褲」吧！

近些年來台灣地區選舉不斷，「凍蒜」已經變成一個新詞彙了。百年後，人們也許不明白為什麼「當選」要寫成「凍蒜」？會不會有人主張它應該寫成「動算」，因為要「動員人力、清算選票」之後才能「當選」啊！

哈！「凍蒜」只是「當選」的閩南音的記音詞，寫成「凍蒜」也算是假借的形式。很怪異吧！假借本來就是這麼「無厘頭」。

相關詩文

《孟子．盡心下》：「舜之飯糗茹草也，若將終身焉。」

75

香米，米香

——用香米做成的「米香」，氣味很香喔！

香米：帶有香味的米，是培育出來的新品種。
米香：閩南語稱「爆米花」。

某一年大學入學考試中心學科能力測驗中，有一個非常別致的題目叫：香米碑。據說考生寫出來五花八門的文字都有，雖然報紙上說大家擔心的「粉好吃」這種寫法並沒有出現，但是「誰知盤中孫，粒粒皆辛苦」這樣的錯字，還是屢見不鮮，老天！「孫」是可以盛在盤子裡，而且用「粒」來計算的嗎？

更離譜的錯誤是把「香米」寫成「米香」，並且大談小時候吃過的「米香」。米香者，閩南語稱「爆米花」是也。

「香米」是帶有香味的米，是農業專家培育出來的新品種，跟「米香」是截然不同的兩種東西。這兩個詞用的是同樣的字，只是詞序不詞序、語序不同，意思往往天差地遠。

同，意思便天差地遠了。

從前有一個笑話：一個老外學了一些中國話，還不夠輪轉，但是又喜歡賣弄。有一次遇到一位妙齡女郎，他想跟她說：「妳好嗎？」但是這三個字的語序，老外又弄不清楚，所以他小心翼翼地說：「妳嗎好？」妙齡女郎給了他一個衛生丸。

老外想：這個語序一定不對，於是勇於認錯，立刻改說：「嗎妳好？」

結局可想而知。要想討好一位妙齡女郎，先是向女郎的媽媽問候，再改，卻變成把女郎當媽媽問候了。

語序是很重要的，即使同一種語言，古今語序也未必一樣。古漢語在表達否定語氣的時候，往往把受詞提前到動詞之前，例如《論語．憲問篇》中說：

「子曰：『莫我知也夫！』子貢曰：『何為其莫知子也？』」（孔子說：「沒有人知道我啊！」子貢問：「為什麼沒有人知道您呢？」）

孔子感慨的是「莫我知」，因為是否定句法，所以把受詞「我」放在動詞「知」的前面。但是，到了子貢提問時卻變成「莫知子」，語序不同了。看來語序是很有學問的喲！

有些動作，把受詞提到上面就變成名詞了，例如「洗筆」的東西叫有些動作，把受詞提到上面就變成名詞；古漢語表達否定語氣時，常把受詞提到動詞之前。

做「筆洗」、「插花」的東西叫做「花插」、「滴硯」的東西叫「硯滴」、承軸的東西叫「軸承」、踏腳的板凳叫做「腳踏」，這樣的例子還真不少喔！

有些詞倒過來，意思就完全不同了，如：電費／費電、氣節／節氣、機動／動機。如果覺得這樣的錯誤還不算很嚴重，那麼把「意氣風發」寫成「意氣發風」，不知道被形容的人聽到了會有什麼感受？更嚴重的是以下這種詞：倫敦、皮包等，如果把語序寫顛倒了，那就「糗」大了。

76

赤嵌樓？赤崁樓？

——赤膽忠心貫日月

台南一級古蹟要寫成「赤嵌樓」，還是「赤崁樓」，讓人屢有迷惑。民國三十六年首任官派市長卓高煊先生題的匾額寫「赤崁樓」；而民國五十五年台灣省主席黃杰先生題的匾額寫「赤嵌樓」。學者們之間或以為「嵌」是正字、「崁」是俗字，應用「嵌」；或以為「崁」是河洛話方言字，具有地方特色，所以應該用「崁」。據報載，近年台南市長許添財先生要求市府文化局盡速釐清文字爭議，以達「車同軌，書同文」，不可再混淆不清。市府並計畫在文字敲定後，請總統重題匾額。

請總統重題匾額，如果還有別的作用，那就另當別論，否則再題也不過是「赤嵌樓」或「赤崁樓」，不可能有第三種寫法。倒是「嵌」、嵌：開張廣闊的樣子，又有鑲嵌、深陷的意思。
崁：小丘陵、山崖。

聲化：文字訛變的一種現象，因不認得字中某部分，而將其改寫成同音字。

「崁」的問題值得深思。

「嵌」、「崁」二字都不見於《說文解字》，但是「嵌」字比「崁」字出現的時間要早得多。《廣韻》：「嵌，開張、山貌。出《蒼頡篇》。」由此看來，「嵌」字雖不見《說文解字》，但是《蒼頡篇》就已有其字，其產生的時代至遲應該在秦至西漢。它的意思是：開張廣闊的樣子。後世又有鑲嵌、深陷的意思。至於它的讀音有二，音ㄑㄢ或音ㄑㄢˊ，但照古音演變至現代的規律來看，現代音也可以讀成ㄎㄢˇ。

至於「崁」字則出現得非常晚，《康熙字典》乃至一般的國語字典都沒有收錄，它最早應該出現於一本收錄很多閩南方言字的《彙音寶鑑》：「崁，岩崁。同嵌。」簡單四字其實已經夠清楚了，崁，同嵌，意義則是「岩崁」，即「小丘陵」、「山崖」。這個意義應該是由《廣韻》的「山貌」引伸而來的，所以「崁」就是「嵌」，只能是異體字，不算是閩南方言的特有字。

那麼，為什麼在台灣地區常看到寫「崁」呢？因為早期從大陸東南沿海移民台灣的，多半是窮苦人家，生活困難，文化水準不高，因此寫字不講究。「嵌」字在閩南方言區讀成ㄎㄢˇ，與「坎」同音，寫字的人看到「嵌」字的下半不認得，所以會不自覺地把「嵌」字的下半寫成同音的「坎」，這種現象叫做「聲化」，這是文字產生訛變一種常見的情方言字在漢字文化圈中非常多，使用上要謹慎小心。

形。

例如「幫」字，明明讀ㄅㄤ，但是它的上半部「封」卻要讀成ㄈㄥ，所以寫字的人不自覺地就會把這個字的上半寫成「邦」，民間俗字常有人把「幫」寫成「幚」。這和把「嵌」寫成「崁」一樣，應該只是一個錯俗字。因此，「崁」只是一個地方異體字，還不能稱做方言字，它的正字是「嵌」。

附帶要談的是：方言字在漢字文化圈中非常多，但在使用上要非常小心。最明顯的例子是香港，打開香港報刊一看，滿眼都是漢字，但是非港澳人沒有一句讀得懂。這樣的報刊，永遠走不出粵方言區。台灣如果要多用閩方言字，其結局也一定是走不出閩方言區，不可不慎啊。

〈77〉年

——年年有今日，歲歲有今朝

華夷文物賀新年，霜仗遙排鳳闕前。一片彩霞迎曙日，萬條紅燭動春天。

稱觴山色和元氣，端冕爐香疊瑞煙。共說正初當聖澤，試過西掖問群賢。

這是唐朝楊巨源寫的〈元日呈李逢吉舍人〉詩，一派上國氣象，新春歡喜。我們這次就來談談「年」字。

「年」是一個結構很奇怪的字，從楷字完全看不出它的結構，很多人連查字典都不知道應該查那一部！（宣布答案：應該查「干」部。但是，「年」跟「干」實在沒有任何關係！）因為「年」的字形訛變得太年：原指稻穀成熟。

厲害了，從甲骨文到楷字，它已經看不出原來字形所要表達的意思了。

年，音ㄋㄧㄢˊ，《說文解字》說：「穀熟也。從禾，千聲。」意思是：稻穀成熟。它是個形聲字，上面是禾旁，下面是聲符「千」。

這個解釋和我們楷書的「年」簡直完全不同，真是奇妙！不過，年的意思是「穀熟」，這個意思蠻好，難怪自古至今，人人都喜歡過年，五穀豐收，國泰民安，大家才有好日子過。

《說文解字》的解釋是對的！甲骨文的「年」字寫作「」，多可愛的一個字！上面是個「禾」，下面是個「人」，原來商朝人造「年」字的意思果然是稻穀成熟了，人們忙著採收，扛回家過年。所以，「年」原來是個會意字喲！

後來，因為「年」、「人」、「千」聲音很近，大家寫著寫著，就把「年」下部的「人」寫成「千」，《說文解字》因此說「年」字是「從禾、千聲」了。

到了漢代，大家習慣寫隸書，隸書不太喜歡用斜筆，所以很多斜筆都越寫越平，《居延漢簡》的「年」字寫作「秊」，還看得出，上面三橫畫加上半截豎畫是「禾」形，下面兩橫畫加下半截豎畫是「千」。從這樣的隸書，再進一步演變就成為我們今天楷書寫的「年」字了。這種從古字到隸書時，形體發生變化的現象，前人叫「隸變」，有一些字經從古字到隸書，形體發生變化的現象，稱「隸變」，有些字經隸變後，看不出構字原理。

過隸變之後，比較看不出原來的構字原理。

過年是讓人歡樂的民俗節日，把一年來的辛勞做個結束，迎接下一個希望之年的來到。但是，也有不少人怕過年，因為一年來所積欠的債務也要做個總結，可是又還不起，周代有個天子想出一個妙點子，築了一個高臺躲在上面，這就叫「債臺高築」，但是一般人民，包括最新的「卡奴」、「學奴」，就沒有這個能力了，「年年難過年年過」，這還真是不少窮困人家過年前的感受。手裡有權力的人，應該有責任讓人民年年好過啊。

相關詩文

楊巨源〈元日呈李逢吉舍人〉：「華夷文物賀新年，霜仗遙排鳳闕前。一片彩霞迎曙日，萬條紅燭動春天。稱觴山色和元氣，端冕爐香疊瑞煙。共說正初當聖澤，試過西掖問群賢。」

78

恭賀春釐

——新年的祝福

新年到，新年到，家家戶戶放鞭炮，穿新衣，戴新帽，歡欣鼓舞樂逍遙。

在充滿歡喜的日子裡，大家都會貼春聯，最常見的如「天增歲月人增壽，春滿乾坤福滿門」；簡單一點的就貼個「春」，而且還要倒過來貼，表示春「到」了。還有人家貼「大家恭喜」、「恭賀春釐」來恭喜大家。

咦？「恭賀春釐」？有沒有寫錯字呢？「釐」，不是計算長度的單位——也就是「厘」嗎？為什麼可以拿來賀年呢？

原來「釐」字本來就是跟福氣有關的字呢！當做計算長度的單位，

釐：家庭獲得的福祐。
恭賀春釐：在一年開始的春天裡，祝大家都有收成，能得到福和喜！

祝福語的諧音用法：鹿＝祿；蝠＝福；羊＝祥；猴＝侯。

其實只是假借罷了。

釐，音ㄒㄧ（又讀ㄌㄧˊ），《說文解字》說：「釐，家福也。從里，𠩺聲。」依《說文》的解釋，它的意思是：「家庭獲得的福祐。」它是個形聲字，上面是聲符「𠩺」。

其實，從甲骨文來看，「釐」的本字應該是「𠩺」，甲骨文寫作「」，左邊是一把成熟的麥子，右邊是一隻手拿著棍子在打這把麥子，要把麥粒打下來，這不就是收成嗎！收成是讓人歡喜的，所以「𠩺」字本來就有「福」、「喜」的意思。後來在它的下面加上聲符「里」，就成了「釐」字。所以這個字既可以讀ㄒㄧ、又可以讀ㄌㄧˊ。

因為「釐」本來就有「福」、「喜」的意思，所以過年的時候，人們會在春聯上寫「恭賀春釐」，意思是：在一年開始的春天裡，祝大家都有收成，能得到福和喜！

除了「釐」、「喜」互用外，古人的祝福語中還有一些很有趣的諧音用法，例如用「鹿」來代表「祿」；用「蝠」來代表「福」；用「羊」來代表「祥」；用「猴」來代表「侯」。所以畫一頭梅花鹿，就是祝福人得到祿位；畫一頭羊，就是祝福人大吉祥；畫一匹馬，上面站著一隻猴子，就是祝福人「馬上封侯」；畫一百隻蝙蝠，就是祝福人「百福駢臻」。這樣的祝福方式，在民間繪畫、刺繡、剪紙等藝術作品上最常看禧：喜+示，表示喜是上天賜給的，通「喜」。
囍：喜+喜，表示兩個人、兩家人的喜事，喜氣洋洋。

到。

「喜」是上天賜給的，所以很多人喜歡再加個「示」部，寫成「禧」，意思和「喜」完全一樣。

兩人結婚時，因為是兩個人、兩家人的喜事，所以民間在結婚典禮中貼的「喜」字總是會寫成雙分的「囍」字，看起來就是喜氣洋洋的。

前些年有一部很有名的電影更有意思，它的片名叫做「囍宴」，比照前面兩個人的「囍」字，我們可以很輕易地知道這個字要表示的一定是「三個人」的喜事！只是這種三個人的喜事其實是蠻尷尬的，它無法被一般社會所接受。這個字以前的字典沒有，它是空前的；以後的字典大概也不會有，所以它應該也是絕後的。在我們的歷史上，不斷地有人利用中國文字的特性，創造一些很特殊的字，來表達一些特殊的意義，帥吧！多有趣的中國文字。

79

黨党

——正體字與簡體字的糾纏

看到「黨」、「党」兩個字，絕大多數人的直覺反應是：「党」是「黨」的簡體字嘛！事實上，問題不是那麼簡單喔！

黨，音ㄉㄤˇ，《說文解字》說：「黨，不鮮也。從黑、尚聲。」意思是：不鮮明、不光亮。它是個形聲字，下面是義符「黑」，上面是聲符「尚」。假借為鄉黨、政黨。「黨」也是個姓，源自周代的周、魯、晉等大夫之家。它的異體字也有寫作「鄬」或「攩」的，但宋代以前，沒有人以為「黨」的簡體字可以寫作「党」。

「党」字不見於《說文解字》，《集韻》說：「党，党項，虜名。」意思是：「党」是「党項」的專用字，「党項」是古代三苗的後裔，漢黨：不鮮明、不光亮，假借為鄉黨、政黨。也是個姓。
党：古代三苗的後裔「党項」的專用字，也是其姓。

「党」未必是「黨」的簡體字，「种」與「種」、「亓」與「其」情況類似。

代屬於西羌的別支，魏晉時才強大起來，居住在現在的青海省境內。其後裔也以「党」為姓。它的字形，下面是「儿（同「人」）」，表示是種族名；上面是「尚」聲。

宋代以後，有人把「黨」簡寫成「党」，這兩個字就開始混亂了。到了近代，由於大陸推行簡體字，造成了更多的困惑。國家音樂廳曾經邀請大陸劇團來表演，演出「武松打虎」時，字幕打出來的竟然是「武鬆打虎」，武藝鬆散，怎能打得了老虎呢？

前臺大中文系教授曾永義先生博學多才，豪爽能酒，曾組「酒党」，自任党魁，並且強調「酒党」的「党」字絕對不能寫成「黨」，因為「黨」字拆開來是「尚黑」，而「党」字則是「尚人」，二字有高下之別，深得《春秋》一字褒貶之義。「酒党」後來縱橫海峽兩岸，締造了無數文壇佳話。

曾党主席有一次坐計程車，司機姓「党」，但是戶政機關堅持他的姓一定要寫成「黨」。党先生因此向曾党主席申訴，以為「大丈夫坐不改姓，行不改名」，連姓都被改了，是可忍也？孰不可忍！

曾党主席聽了之後，立刻允諾要幫忙處理，隨後即電話告知，要我寫文章。我聽到曾党主席在百忙之中，對於小老百姓的事情仍然這麼關心，非常感動，所以把「黨」、「党」二字的淵源扼要地敘述如上。以申明「黨」和「党」雖然都是姓，但是它是兩個來源不同的姓，党先生如果是党項之後，絕對不可以寫成「黨」。

宋朝有名臣种師道、种師中，隱士种放等，我們絕對不能把「种」寫成「種」，雖然現代人以為「种」是「種」的簡體字。師大國文系有一位亓婷婷老師，我們也絕對不能把「亓」寫成「其」，雖然「亓」在古代是「其」的簡體字。

臺灣這些年非常強調多元族群尊重，曾經被迫改漢姓的原住民都可以申請恢復原姓。「党」姓出自「党項」，「黨」姓出自漢姓，二者本不同源，又怎能混而為一呢?希望戶政單位看到小文，能對党姓司機先生的姓予以尊重，不要強迫他姓黨。

80

梁柳

——梁鴻孟光，柳骨顏筋

談完「党」、「黨」之後，我們來談談其他姓氏的書寫問題。

雖說中國傳統觀念「坐不改姓，行不改名」，但是姓名的書寫，堅持要有理由，有學問，不可以正俗不分，過分執著，讓祖先都會覺得不好意思喔。

師大國文研究所在多年前受教育部委託，研訂國字標準字體，雖然其中免不了有些人會提出一些不同的意見，但是師大國文研究所盡心盡力，確實為國字標準字體做出了很大的貢獻。

有一次，有一位可愛的柳老先生來到師大國文研究所，指責國字標準字體表把他的姓寫錯了，他說他的姓應該寫成「栁」，他無法忍受有

「柳」從木、「卯」聲；寫成從木、「丣(酉的古文字)」聲是錯的。

一天睡覺醒來，他的姓居然寫錯了！所長費了老半天，解釋了很久，柳老先生不肯接受。所長靈機一動，把這個燙手山芋丟給我這個文字學家，我也費了很大的心力，把商朝甲骨文、周朝毛公鼎都抬出來，告訴他「柳」字從木、「卯」聲；《說文解字》寫成從木、「丣（酉的古文字）」聲，其實是錯的。

可愛的柳老先生怎麼也不肯接受我的解釋，氣嘟嘟地走了。一年後，我收到法院的通知書，可愛的柳老先生告我竄改他的姓，讓我生平第一次上法庭。

其實，柳是一個很可愛的姓，出自坐懷不亂的「柳下惠」，孟子讚美他是「聖之和者」。柳宗元是有名的古文八大家之一；柳公權是偉大的書法家，寫好字的祕訣是：「心正則筆正。」真是浩氣凜然。對這麼一個可愛的姓，我們當然要寫正字「柳」。

無獨有偶地，不久《中國時報》刊登了一篇報導：「戶籍資料電腦化，被迫為作古父母改姓」。原來有一位娘家姓「梁」的葉老太太為了申請印鑑證明，發現她的娘家姓被改了，她拿出舊資料，證明她的姓是一點「梁」，不是兩點「梁」。戶政人員也很好心，替他改成一點「梁」。但是，梁家上上下下數起來還有十幾個人，是否也都要申請改成一點梁呢？

「梁」從「刅（音窗）」得聲，不是從「刃」，一點「梁」是錯的。

其實，「梁」字從「刅（音窗）」得聲，不是從「刃」字得聲，雖然從戰國時代起，兩點的「梁」字就常常被省成一點，但是歷代學者毫無異議地都知道兩點「梁」是正體字。日據時代，戶政人員寫的日本漢字，很多是不標準的，早期大家最熟悉的就是日本人的「染」字總要多一點，「梁」字卻又偏偏少一點。「染」字不能多加一點，大家都明白了；「梁」字不能少一點，希望大家也能明白。

「梁」姓子孫出自伯益，是一個非常光彩的姓氏。伯益是虞舜時代的賢臣，幫助大禹治水有功，禹貴為天子，年老之後，要讓位給伯益，伯益不肯接受，避居箕山之北，這是多麼令人敬佩呀！

後漢時的梁鴻，娶孟光為妻，兩人恩恩愛愛，是中國永遠的愛情典範，模範夫妻。五代時梁灝立志考狀元，從後晉天福三年考到宋雍熙二年，八十二歲時終於考上狀元，《三字經》上讚美他「若梁灝，八十二，對大廷，魁多士」，是永遠堅忍不拔的「考神」。梁山伯與祝英台兩人相愛，生死不渝，則是永遠浪漫迷人的「愛神」。梁啟超是清末民初的偉大學者，影響世運人心甚鉅。對於這麼光榮的姓，還是寫兩點的正字比較好！

國家圖書館出版品預行編目資料

漢字說清楚／季旭昇作.
-- 初版. --臺北市：商周出版：家庭傳媒城邦分公司發行, 2007[民96]
面： 公分（中文可以更好；15）
ISBN 978-986-124-862-2（平裝）

1. 中國語言 - 文字
802.2 96005549

中文可以更好 15

漢字說清楚

作　　者／季旭昇
副總編輯／楊如玉
責任編輯／程鳳儀
發 行 人／何飛鵬
法律顧問／台英國際商務法律事務所　羅明通律師
出 版 者／商周出版
城邦文化事業股份有限公司
台北市104民生東路二段141號9樓
電話：(02) 25007008　傳眞：(02)25007759
E-mail：bwp.service@cite.com.tw
發　　行／英屬蓋曼群島商家庭傳媒股份有限公司城邦分公司
台北市中山區104民生東路二段141號2樓
書虫客服服務專線：02-25007718・02-25007719
24小時傳眞服務：02-25001990・02-25001991
服務時間：週一至週五09:30-12:00・13:30-17:00
郵撥帳號：19863813　戶名：書虫股份有限公司
讀者服務信箱E-mail：service@readingclub.com.tw
歡迎光臨城邦讀書花園　網址：www.cite.com.tw
香港發行所／城邦（香港）出版集團有限公司
香港灣仔駱克道193號東超商業中心1樓
E-mail：hkcite@biznetvigator.com
電話：（852）25086231 傳眞：（852）25789337
馬新發行所／城邦(馬新)出版集團 Cite (M) Sdn. Bhd.
41, Jalan Radin Anum, Bandar Baru Sri Petaling,
57000 Kuala Lumpur, Malaysia.
Tel: (603) 90578822 Fax: (603) 90576622 Email: cite@cite.com.my
封面設計／徐璽
電腦排版／冠玫電腦排版股份有限公司
印　　刷／韋懋印刷事業有限公司
總 經 銷／高見文化行銷股份有限公司
電話：(02)2668-9005　傳眞：(02)2668-9790　客服專線：0800-055-365
■2007年04月30日初版
■2012年09月30日初版24.5刷
printed in Taiwan
定價220元
 ISBN 978-986-124-862-2